KÖNIGS FURT

Über dieses Buch

Frauen im Märchen sind hilflose und schwache Prinzessinnen, die der Rettung und Befreiung durch starke, edle Ritter harren und deren einziger Lebenszweck die Hochzeit ist – mitnichten!
In diesem Band stellt Sigrid Früh die ganz andere Märchenfrau vor: Sie ist intelligent und mutig und durchbricht das Klischee von der unscheinbaren, schönen Frau, die nur darauf wartet, von einem Mann wachgeküßt und geheiratet zu werden.
Mit einem ausführlichen Nachwort zur Rolle der Frau in Mythos und Märchen.

Über die Herausgeberin

Sigrid Früh, Jahrgang 1935, studierte Germanistik und Volkskunde. Sie ist eine der bekanntesten Märchenerzählerinnen und Märchenforscherinnen Deutschlands. In zahlreichen Seminaren und Vorträgen bringt sie Märchen einem breiten Publikum nahe. Sie wohnt in Fellbach in der Nähe von Stuttgart.

Die Frau, die auszog, ihren Mann zu erlösen

Herausgegeben
und mit einem Nachwort versehen
von Sigrid Früh

Königsfurt
Märchenschätze

Die Erstausgabe erschien unter dem gleichnamigen Titel im Fischer Taschenbuch Verlag, Frankfurt a. M. Der vorliegende Band basiert auf einer dortigen Neuausgabe unter dem Titel »Europäische Frauenmärchen«.
Die Texte wurden für die vorliegende Ausgabe durchgesehen und umfangreich ergänzt.

Bibliographische Information Der Deutschen Bibliothek

Die Deutsche Bibliothek verzeichnet diese Publikation in Der Deutschen Nationalbibliographie; detaillierte bibliographische Daten sind im Internet über http://dnb.ddb.de abrufbar.

Erweiterte Neuausgabe
Krummwisch bei Kiel 2004

D-24796 Krummwisch
www.koenigsfurt.com

Umschlaggestaltung und -motiv:
Werkstatt München, Weiss und Zembsch
Satz: Satzbüro Noch, Balve
Druck und Bindung: Oldenbourg, Monheim

ISBN 3-89875-108-2

Inhalt

Die Erlöserinnen 7

Die Frau, die auszog, ihren Mann zu erlösen 8
Die neun Brüder, die in Lämmer verwandelt wurden, und ihre Schwester 15
Der Jüngling, der am Tage tot war 22
Der weiße Bär König Valemon 30

Die Hilfreichen und die Treuen 39

Der Zar des Meeres und Wassilissa, die Allweise 40
Die Königin der Kesselflicker 51
Lady Godiva 60
Das singende, springende Löweneckerchen 62
Die Prinzessin in der Erdhöhle 69

Die Klugen und die Listigen 81

Die Geschichte von Sorfarina 82
Die kluge Bauerntochter 90
Halewyn 94
Mister Fox 97
Das kluge Mädchen wird Zarin 101

Kämpferinnen und Herrscherinnen 105
Anait 106
Marija Morewna 118
Dolassilla 127
Capitaine Lixur 136
Die trauernde Königin 149

Schicksalsfrauen, Große Mutter, Göttinnen 155
Die zwölf Töchter 156
Die Stellvertreterin 163
Der Traum des Oenghus 165
Etain 169

Nachwort 177

Quellenverzeichnis 188

Verwendete Literatur in Auswahl 192

Die Erlöserinnen

Die Gestalt der erlösenden Frau wandert über die irdische Welt hinaus, in die kosmischen Reiche, in die Unterwelt, in das Feenreich, über Länder und Meere, sie überwindet Zeiten und Raum. Selbst wenn die Männer ihres Gefolges zurückbleiben, wandert sie unbeirrbar weiter, ihrem Ziel zu. Die Erlöserin kann nur durch ihre Liebe und ihre entschlossene Tatkraft ihre Gegenspielerinnen, die Verwünschung und die Verzauberung, überwinden, um den Mann, den Geliebten, zu erlösen.

Die Frau, die auszog, ihren Mann zu erlösen

Es war einmal ein König, der hatte drei Söhne. Der älteste der Prinzen war auch schon wieder verheiratet mit einer wunderschönen Prinzessin. Eines Tages erkrankte der König schwer, und er verlor darüber sein Augenlicht. Der König war verzweifelt, doch keiner konnte ihm helfen. Darauf ließ er alle Magier seines Reiches zusammenrufen. Die berieten sich lange, und am Abend trat ihr Ältester vor den Thron des Königs und sprach: »O Herr, es gibt nur ein Mittel, um Euch das Augenlicht wiederzugeben. Weit am Ende der Welt liegt mitten im Meer eine einsame Insel. Auf dieser Insel steht am Felsengipfel ein Schloß. Im Hofe dieses Schlosses fließt ein Brunnen. Es ist der Brunnen des Lebens und der Gesundheit. Wenn ein Toter mit dem Wasser des Brunnens besprengt wird, wird er wieder lebendig, und ist einer blind wie Ihr, Herr, und das Wasser des Brunnens fällt auf seine Augen, so wird er wieder sehend. Doch es ist sehr gefährlich, dieses Wasser zu holen, denn das Schloß mit dem Brunnen gehört einer Hexe, und keiner der Männer, die ausgezogen sind, das Wasser des Lebens zu holen, ist je wiedergekommen.« Da ließ der König seine drei Söhne kommen, und er erzählte ihnen, was ihm die Magier offenbart hatten. Und er sprach zu ihnen: »Wer von euch auszieht, mir das Wasser des Lebens bringt und mir das Augenlicht wiederschenkt, dem werde ich das Reich und die Krone geben.« Da sattelte der Jüngste sein Pferd und ritt eilends zum Tor hinaus, und er ritt 49 Tage und 49 lange Nächte. Und er kam zum Ende der Welt an das weite Meer. Am Meeresufer saß ein alter grauer Fischer bei seinem Boot. »Gott grüße dich, Vater!« rief der jüngste Königssohn. »Rudere mich hinüber zu der Felseninsel. Ich muß das Wasser des Lebens und der Gesundheit holen, damit ich die Krone und das Reich bekomme.«

»Ach, mein Sohn«, sprach der alte Fischer, »bleibe hier. Die Hexe, die über die Insel herrscht und der der Brunnen gehört, ist eine mächtige Zauberin. So viele Ritter habe ich hinübergerudert, und keiner ist je wiedergekehrt.«

»Rudere mich hinüber!« rief der Jüngste. »Ich will das Reich und die Krone bekommen!«

Da ruderte der alte Fischer den jüngsten Königssohn zu der Felseninsel. Und der Prinz suchte sich den Weg zum Schloß. Als er den Schloßhof betrat, da sah er den Brunnen mit dem Wasser des Lebens und der Gesundheit. Sein silbernes Wasser plätscherte in ein Marmorbecken. Neben dem Brunnen aber stand ein wunderschönes junges Mädchen. Süß lächelte sie den Prinzen an und sprach: »Willkommen, mein Prinz; nimm deinen Krug und fülle ihn mit dem Wasser des Lebens.«

Der Prinz tat, wie das schöne Mädchen ihm sagte. Darauf sprach sie zu ihm: »Bestimmt bist du hungrig und durstig. Ich will dir ein Stück Brot und einen Becher Wein bringen, und dann ruhe dich von deinem weiten Ritt bei mir aus.«

»Gerne!« rief der Prinz. »Aber wo ist die alte Hexe, der das Schloß und der Brunnen gehört?«

»Fürchte dich nicht«, sprach das Mädchen mit leiser, zarter Stimme. »Sie ist nicht hier.«

Das Mädchen ging in das Schloß und kam bald wieder mit einem Brot und einem Becher Wein zurück. Sie reichte dem

Jüngling den Becher, und als dieser seine Lippen an den Becherrand setzte, erstarrte er zu Stein vom Scheitel bis zur Fußsohle. Die Hexe aber, denn das war das schöne Mädchen, rief ihre Diener und befahl ihnen, den Versteinerten in die Gruft zu tragen.

Als nun der jüngste Prinz nicht wiederkehrte, sattelte der zweite Königssohn sein Pferd, und er ritt zum Tor hinaus. Auch er ritt 49 Tage und 49 lange Nächte. Und er kam zum Ende der Welt an das weite Meer. Am Meeresufer saß ein alter grauer Fischer bei seinem Boot. »Gott grüße dich, Vater!« rief der zweite Königssohn. »Rudere mich hinüber zu der Felseninsel. Ich muß das Wasser des Lebens und der Gesundheit holen, damit mein Vater das Augenlicht wiederbekommt und ich die Krone und das Reich erringe.«

»Ach, mein Sohn«, sprach der alte Fischer, »bleibe hier. Die Hexe, der der Brunnen gehört, ist eine mächtige Zauberin. So viele Ritter habe ich hinübergerudert, und keiner ist je wiedergekehrt, und zuletzt brachte ich einen jungen Prinzen hinüber, und auch er kam nicht zurück.«

»Das war mein Bruder!« rief der zweite Königssohn. »Rudere mich hinüber, ich muß versuchen, meinen Bruder zu befreien, und ich will die Krone und das Reich bekommen!«

Da ruderte der alte Fischer den zweiten Königssohn zu der Felseninsel. Und der Prinz suchte sich den Weg zum Schloß. Als er den Schloßhof betrat, da sah er den Brunnen mit dem Wasser des Lebens und der Gesundheit. Sein silbernes Wasser plätscherte in ein Marmorbecken. Neben dem Brunnen aber stand ein wunderschönes junges Mädchen. Süß lächelte sie den Prinzen an und sprach mit sanfter Stimme: »Willkommen, mein Prinz; nimm deinen Krug und fülle ihn mit dem Wasser des Lebens.« Der Prinz tat, wie das schöne junge Mädchen ihm sagte. Darauf sprach er: »Weißt du nicht, wo mein Bruder ist? Er ist hier in die Gewalt einer alten Hexe gefallen.«

»Ich werde dir helfen, ihn zu befreien«, sprach das Mädchen und lächelte den Prinzen an. Da bat er sie: »Willst du dann mit mir gehen und meine Frau werden? Denn ich liebe dich!«

Das schöne Mädchen lächelte und küßte ihn zur Antwort auf den Mund. Und als ihre Lippen die seinen berührten, erstarrte er zu Stein vom Scheitel bis zur Fußsohle. Die Hexe aber rief ihre Diener und ließ den Versteinerten in die Gruft tragen.

Als nun auch der zweite der Prinzen nicht wiederkehrte, ließ der König seinen ältesten Sohn kommen. »Es ist sehr gefährlich, das Wasser des Lebens und der Gesundheit zu holen. Deine beiden Brüder sind nicht wiedergekehrt. Darum reite du. Du bist der Älteste. Versuche, die Aufgabe zu erfüllen.«

Da nahm der älteste Prinz Abschied von seiner Frau und ritt zum Tor hinaus, und er ritt 49 Tage und 49 lange Nächte. Und er kam zum Ende der Welt an das weite Meer. Am Meeresufer saß ein alter grauer Fischer bei seinem Boot.

»Gott grüße dich, Vater!« rief der älteste Königssohn. »Rudere mich hinüber zu der Felseninsel. Ich muß das Wasser des Lebens und der Gesundheit holen, damit mein Vater das Augenlicht wiederbekommt.«

»Ach, mein Sohn«, sprach der alte Fischer, »bleibe hier. Die Hexe, die über die Insel herrscht und der der Brunnen gehört, ist eine mächtige Zauberin. So viele Ritter habe ich hinübergerudert, und keiner ist je wiedergekehrt, und zuletzt brachte ich zwei Prinzen hinüber, und auch sie kamen nicht zurück.«

»Das waren meine Brüder!« rief der älteste Königssohn. »Rudere mich hinüber, ich muß das Wasser des Lebens und der Gesundheit bekommen und versuchen, meine Brüder zu befreien, und ich will doch die Krone und das Reich bekommen!«

Da ruderte der alte Fischer den ältesten Königssohn zu der Felseninsel. Und der Prinz suchte sich den Weg zum Schloß. Als er den Schloßhof betrat, sah er den Brunnen mit dem Wasser des Lebens und der Gesundheit. Sein silbernes Wasser plätscherte in ein Marmorbecken, und der Hof war menschenleer.

Da betrat der Prinz das Schloß. Er ging durch alle Räume, und er sah keine Menschenseele darin, bis er in den letzten Raum kam. Da saß beim Feuer des Herdes eine alte, häßliche Hexe. »Gib meine Brüder heraus!« rief der Prinz. »Ich bin gekommen, um sie zu befreien!« Höhnisch lachte die Hexe: »Ich ließ sie zu Stein erstarren, und bald wirst du ihr Schicksal teilen!«

Der Prinz aber zog sein Schwert und wollte auf sie eindringen. Doch siehe! Die Hexe verwandelte sich plötzlich in das Bild seiner Frau und sprach mit deren Stimme zu ihm: »Sei ohne Furcht. Ich bin gekommen, um dir beizustehen.« Der Prinz ließ sein Schwert sinken, die Hexe legte ihre Hand auf sein Herz, und da hörte es auf zu schlagen, und er erstarrte zu Stein vom Scheitel bis zur Fußsohle. Die Hexe aber rief ihre Diener und ließ den Versteinerten in die Gruft tragen, wo schon all die andern Versteinerten lagen.

Als nun der älteste Königssohn nicht wiederkehrte, fiel der König in die Nacht der Verzweiflung. Er wurde so krank, daß er dem Tode nahe war. Die Frau des ältesten Prinzen aber weinte und klagte zwölf lange Tage und zwölf lange Nächte, und als sie keine Tränen mehr hatte, legte sie die Kleider ihres Mannes an und ritt schnell zum Tor hinaus, und sie ritt 49 Tage und 49 lange Nächte. Und sie kam zum Ende der Welt an das weite Meer. Am Meeresufer saß ein alter grauer Fischer bei seinem Boot.

»Gott grüße dich, Vater«, rief die Prinzessin, »rudere mich hinüber zu der Felseninsel, wo der Brunnen mit dem Wasser des Lebens und der Gesundheit fließt.«

»Ach, mein Söhnchen«, sprach der alte Fischer, »bleibe hier. Die Hexe, die über die Insel herrscht und der der Brunnen gehört, ist eine mächtige Zauberin. So viele Ritter habe ich hinübergerudert, und keiner ist je wiedergekehrt. Zuletzt brachte ich drei Prinzen hinüber, und auch sie kamen nicht zurück. Darum bleibe hier, du bist noch so jung und zart.«

Da weinte die Prinzessin und bat: »Rudere mich hinüber!« Der alte Fischer sah sie aufmerksam an und sprach: »Deine Gestalt ist so fein, deine Stimme klingt so hell. Wenn du nicht wie ein Mann gekleidet wärst, würde ich denken, du seist eine Frau.«

»Ich bin es, Vater, ich bin die Frau des ältesten Prinzen, den du hinübergerudert hast. Und wenn es mir nicht gelingt, die Prinzen und vor allem meinen lieben Mann zu erlösen, will ich lieber tot sein.« Da rief der Fischer: »Wenn du eine Frau bist, wird es dir vielleicht gelingen, was so vielen Männern nicht gelungen ist. Die Hexe versteht es, in die Herzen der Männer zu schauen, und sie nimmt die Gestalt der Frau an, die er in seinem Herzen trägt. Du aber bist eine Frau, und sie wird in deinem Herzen nicht das Bild einer Frau erkennen. Aber sieh dich vor; nimm drüben weder Speise noch Trank und sprich kein Wort.«

»Danke, Vater, für den Rat!« rief die Prinzessin, und der Fischer ruderte sie zur Felseninsel. Und die Prinzessin suchte sich den Weg zum Schloß. Als sie den Schloßhof betrat, da sah sie den Brunnen mit dem Wasser des Lebens und der Gesundheit. Sein silbernes Wasser plätscherte in ein Marmorbecken. Die Prinzessin schöpfte von dem Brunnen in ihren Krug; als sie sich aber umwandte, stand ein schönes Mädchen hinter ihr. »Sei gegrüßt, schöner Held«, sprach es freundlich. »Bestimmt bist du hungrig und durstig von dem langen Weg. Iß und trink und ruhe dich aus bei mir.« Doch die Prinzessin sprach kein Wort und zog ihr Schwert. Die Hexe erschrak, denn sie konnte im Herzen ihres Gegners kein Frauenbild erkennen. Sie verwandelte sich mehrmals, wechselte ihre Gestalt, aber unbeirrt kämpfte die Prinzessin weiter, und die Spitze ihres Schwertes drang in das Herz der Hexe. Da erkannte diese, wer ihr Gegner war, und sie rief: »Eine Frau ist der Tod!« Dann hauchte sie ihr Leben aus.

In diesem Augenblick fiel der Zauber von dem Schloß und den Versteinerten; sie kamen in den Schloßhof und dankten der Prinzessin, die sie erlöst hatte. Am glücklichsten aber waren die drei Brüder, und der älteste Prinz umarmte seine Gemahlin und küßte sie. Da nahmen die Erlösten die Schätze der Hexe, belohnten den alten Fischer reichlich und ritten heim. Als der kranke König sie heimkommen hörte, trat er unter das Tor, und die Prinzessin besprengte seine Augen mit dem Wasser des Lebens. Da wurde der König wieder sehend, nahm seine Krone, setzte sie der Prinzessin aufs Haupt und übergab ihr das Reich, und alle waren es zufrieden, und sie lebten in Glück und Frieden miteinander.

Märchen aus Spanien

Die neun Brüder, die in Lämmer verwandelt wurden, und ihre Schwester

Es waren einmal neun Brüder und ihre Schwester, die waren Waisen geworden. Sie waren reich und bewohnten ein altes Schloß mitten in einem Walde. Die Schwester hieß Lévénès, sie war das älteste der zehn Kinder. Als der Vater starb, übernahm sie die Leitung des Haushalts, und ihre Brüder folgten ihrem Rat und gehorchten ihr in allem. Sie gingen oft auf die Jagd in einen Wald, der voll war von Wild aller Art. Eines Tages gelangten sie bei der Verfolgung einer Hirschkuh vor eine Hütte, die aus Zweigen und Erdschollen gebaut war. Es war das erste Mal, daß sie dieselbe gewahrten. Neugierig zu wissen, wer darin wohnen möchte, traten sie unter dem Vorwand, daß sie um Wasser für ihren Durst bitten wollten, ein. Sie erblickten nur eine alte Frau, deren Zähne so lang waren wie ein Arm und deren Zunge sich neunmal um ihren Körper wand. Von diesem Anblick erschreckt, wollten sie fliehen, aber die Alte sprach zu ihnen: »Was wollt ihr, Kinder? Tretet ohne Furcht näher; ich liebe die Kinder sehr, besonders wenn sie so freundlich und schön sind wie ihr.«

»Wir möchten ein wenig Wasser, bitte, Großmutter!« erwiderte der Älteste, welcher Goulven hieß. »Gewiß, liebe Kinder, ich gehe, euch frisches, klares Wasser zu holen, das ich gerade heute früh aus meiner Quelle geschöpft habe. Aber so kommt doch herein und fürchtet euch nicht, meine kleinen Lieblinge!« Die Alte gab ihnen Wasser in einem hölzernen Napf, und während sie tranken, streichelte sie die Alte und nahm ihre blonden krausen Locken in die Hand; als sie fortgehen wollten, sagte sie: »Jetzt, liebe Kinder, müßt ihr mir auch den kleinen Dienst bezahlen, den ich euch erwiesen habe.«

»Wir haben kein Geld bei uns, Großmutter«, erwiderten die Kinder, »aber wir werden unsere Schwester darum bitten und es Euch morgen bringen.«

»Oh, ich will kein Geld, meine Lieben, aber ich möchte, daß einer von euch, zum Beispiel der Älteste, denn die anderen sind noch ziemlich jung, mich zur Frau nähme.« Und sich an Goulven wendend, sagte sie: »Willst du mich zur Frau nehmen, Goulven?« Der arme Junge wußte zuerst nichts zu entgegnen, so sonderbar erschien ihm diese Bitte. »So antworte doch, willst du, daß ich deine Frau werde?« fragte ihn nochmals die scheußliche Alte, indes sie ihn umarmte. »Ich weiß nicht«, sagte Goulven bestürzt, »ich werde meine Schwester fragen ...«

»Nun, morgen früh werde ich selber ins Schloß kommen, um mir die Antwort zu holen.«

Sie gingen traurig und zitternd heim und erzählten sogleich ihrer Schwester, was ihnen zugestoßen war. »Muß ich denn diese schreckliche Alte heiraten, Schwester?« fragte Goulven unter Tränen. »Nein, lieber Bruder, du sollst sie nicht heiraten«, antwortete Lévénès. »Ich weiß zwar, daß wir alle darunter leiden müssen, aber wir werden lieber leiden, wenn es sein muß, als daß wir dich im Stich lassen.«

Am folgenden Tag kam die Hexe ins Schloß, wie sie angekündigt hatte. Sie traf Lévénès und ihre Brüder im Garten. »Ihr wißt zweifellos, warum ich komme?« sagte sie zu Lévénès. »Ja, mein Bruder hat mir alles erzählt«, versetzte das junge Mädchen. »Nein, das kann nicht sein.«

»Wie, nein? Aber Ihr wißt wohl nicht, wer ich bin und wessen ich fähig bin?«

»Ich weiß, daß Ihr uns, meinen Brüdern und mir, viel Böses zufügen könnt, aber Ihr könnt mich nicht zwingen, Eurem Wunsche zu willfahren.«

»Bedenkt Euch wohl und kommt rasch zu einem Entschluß, solange es noch Zeit ist, oder Unglück über euch!« rief die Hexe in Wut, und ihre Augen leuchteten wie zwei glühende Kohlen. Die neun Brüder Lévénès' zitterten an allen Gliedern, aber sie antwortete ruhig und entschlossen auf diese Drohungen: »Alles ist bedacht, und ich habe an dem, was ich gesagt habe, nichts zu ändern.« Da streckte die schreckliche Alte eine Gerte, die sie in der Hand hielt, gegen das Schloß aus und murmelte einen Zauberspruch; sogleich stürzte das Schloß unter furchtbarem Krachen zusammen. Es blieb kein Stein auf dem andern. Dann wandte sie ihre Gerte gegen die neun Brüder, die sich ängstlich hinter ihrer Schwester versteckten, murmelte einen andern Zauberspruch, und die neun Brüder wurden sogleich in neun weiße Lämmer verwandelt. Darauf sprach sie zu Lévénès, die ihre natürliche Gestalt bewahrt hatte: »Du kannst jetzt auf dieser Weide deine Lämmer hüten. Aber sage keinem Menschen, daß diese Lämmer deine Brüder sind, sonst geht es dir wie ihnen.« Dann ging sie hohnlachend davon.

Die schönen Gärten des Schlosses und der große Wald, der es umgab, waren gleichfalls in eine dürre, öde Heide verwandelt worden. Die arme Lévénès blieb allein mit ihren neun weißen Lämmern und ließ sie auf der großen Heide weiden, doch niemals ließ sie dieselben auch nur einen Augenblick aus den Augen. Sie suchte ihnen frische Grasbüschel, die sie ihr aus der Hand fraßen, spielte mit ihnen, liebkoste und streichelte sie und sprach mit ihnen, als wenn sie es verstünden. Und wirklich schienen sie es zu verstehen. Eines von ihnen war größer als die anderen, das war Goulven, der älteste Bruder. Lévénès hatte aus Steinen, Erdschollen, Moos und dürren Kräutern einen Unterschlupf, eine Art Hütte, errichtet, und bei Nacht oder wenn es regnete, zog sie sich dahin mit ihren Lämmern zurück. Aber wenn das Wetter schön war, lief und hüpfte sie mit ihnen im Sonnenschein, oder sie sang Lieder und trug ihre Gebete vor, denen sie, im Halbkreise um sie geschart, aufmerksam lauschten. Sie hatte eine sehr schöne helle Stimme.

Eines Tages hörte ein junger Edelmann, der in dieser Gegend jagte, mit Erstaunen eine schöne Stimme in diesem öden Landstrich. Er hielt an, um zu lauschen, dann ging er in der Richtung des Klanges weiter und stand alsbald vor einem schönen jungen Mädchen, welches von neun weißen Lämmern umgeben war, die es sehr zu lieben schien. Er fragte sie aus und war von ihrer Anmut, ihrem Geist und ihrer Schönheit so überrascht, daß er sie samt ihren Lämmern mit sich auf sein Schloß nehmen wollte. Sie weigerte sich. Aber der junge Edelmann träumte nur noch von der schönen Schäferin, und alle Tage ging er unter dem Vorwand des Jagens aus, um sie zu sehen und mit ihr zu plaudern. Schließlich nahm er sie mit sich in sein Schloß, und sie heirateten einander. Die neun Lämmer wurden in den Schloßgarten gebracht, und Lévénès brachte fast ihre ganze Zeit damit zu, mit ihnen zu spielen, sie zu liebkosen und sie schienen für alle diese Aufmerksamkeiten empfänglich zu sein. Ihr Gatte war erstaunt, als er ihre verständigen Tiere sah, und er fragte sich, ob das auch echte Lämmer wären.

Eines Tages erwartete Lévénès ein Kind. Sie hatte eine Kammerfrau, in welche sich der Schloßgärtner verliebt hatte und welche gleichfalls mit einem Kinde ging, ohne daß ihre Herrin davon wußte. Jene war die Tochter der Alten, welche ihre Brüder in Lämmer verwandelt hatte, aber auch das wußte sie nicht. Eines Tages, als Lévénès sich über den Rand eines Brunnens, der im Garten war, beugte, um dessen Tiefe zu messen, nahm ihre Dienerin sie bei den Füßen und warf sie in den Brunnen. Hierauf lief dieselbe in das Gemach ihrer Herrin, legte sich in deren Bett, schlug die Vorhänge des Zimmers und des Bettes zu und gab vor, sie läge in Geburtswehen.

Der Schloßherr war um diese Zeit gerade abwesend. Aber bei seiner Rückkehr fand er seine Frau nicht wie gewöhnlich unter ihren Lämmern, und er begab sich in ihr Gemach. »Was fehlt dir, mein Herz?« fragte er sie, da er glaubte, seine Frau liege dort. »Ich bin sehr krank!« sagte die Betrügerin, und, da er die Vorhänge öffnen wollte: »Ich bitte Euch, öffnet die Vorhänge nicht, ich kann das Licht nicht ertragen!«

»Warum bist du so allein? Wo ist deine Dienerin?«

»Ich weiß nicht, ich habe sie den ganzen Tag nicht gesehen.« Der Herr suchte sie überall im Schloß und dann im Garten, aber da er sie nicht fand, kehrte er zu seiner Frau zurück und sprach zu ihr: »Ich weiß nicht, was aus deiner Magd geworden ist, ich finde sie nirgends. Benötigst du etwas? Hast du vielleicht Hunger?«

»O ja, ich habe argen Hunger! »Ich möchte ein Stück von dem großen weißen Lamm im Garten draußen!«

»Welche Laune! Du, die du so sehr an deinen Lämmern hingst, und an dem großen noch mehr als an den andern?«

»Es ist das einzige, was mir einige Erleichterung von dem Übel, an welchem ich leide, verschaffen könnte. Aber täuscht Euch nicht, es ist das große, weiße Lamm, von dem ich essen will, und kein anderes.« Der Gatte begab sich in den Garten und befahl dem Gärtner, das große weiße Lamm zu ergreifen, um es augenblicklich zu töten und am Spieß zu braten. Und der Gärtner, welcher im Einvernehmen mit der Kammerfrau stand, lief nach dem weißen Lamm. Aber dieses enteilte hurtig und lief kläglich blökend um den Brunnen herum, so daß er es nicht fangen konnte. Der Schloßherr bemerkte es, wollte ihm behilflich sein und trat an den Brunnen. Mit Verwunderung hörte er ein Klagen, welches von dort heraufzudringen schien. Er beugte sich über die Öffnung und sagte: »Wer ist da? Ist jemand im Brunnen?« Und eine klägliche Stimme, die er gut kannte, entgegnete ihm: »Ja, ich bin es, deine Frau Lévénès!« Der Herr wartete auf keine weitere Erklärung mehr, sondern ließ eilends den Eimer in den Brunnen hinab und zog seine Frau heraus. Die arme Lévénès hatte einen solchen Schrecken ausgestanden, daß sie sogleich mit einem Knaben niederkam, der so schön war wie der lichte Tag. »Man muß dieses Kind sofort taufen lassen«, sagte sie. »Du kannst ihm zur Patin geben, wen du willst, aber ich wünsche, daß der Pate mein großes weißes Lamm sei.«

»Was? Deinem Sohn ein Lamm zum Paten geben?«

»Ich will es so, ich wiederhole es dir, gehorche mir und bekümmere dich um nichts!« Um der jungen Mutter nicht zu widersprechen, gab der Vater zu, daß das große weiße Lamm der Pate seines Kindes werden solle.

Man begab sich zur Kirche. Das große weiße Lamm ging ganz vergnügt mit dem Vater und der Patin, einer jungen, schönen Prinzessin, in einer Reihe. Die acht anderen Lämmer, seine Brüder, folgten nach. Der ganze Zug trat zum Erstaunen der Dorfbewohner in die Kirche. Der Vater bot das Kind dem Priester dar. Dieser betrachtete die Patin, aber er sah keinen Paten und sprach: »Wo ist der Pate?«

»Hier!« entgegnete der Vater und zeigte auf das große weiße Lamm. »Wie, ein Lamm?«

»Ja, dem Anschein nach, aber achtet nicht auf das Äußere, sondern beginnt ohne Verzug die heilige Handlung!« Der Priester machte keine weiteren Einwendungen, und er begann das

Kind zu taufen. Da erhob sich das Lamm auf seine beiden Hinterfüße, nahm sein Patenkind, unterstützt von der Patin, zwischen seine beiden Vorderfüße, und alles vollzog sich aufs beste.

Aber sobald die Zeremonie beendet war, wurde das Patenlamm zu einem schönen jungen Mann. Es war Goulven, der älteste Bruder. Er erzählte, wie seine Brüder und er durch eine alte Hexe in Lämmer verwandelt worden seien, weil er sich geweigert habe, dieselbe zu heiraten. Seine Schwester, welche Zeugin der Verwandlung gewesen war, lief Gefahr, das gleiche Schicksal zu erleiden. Jetzt aber war der Zauber gebrochen, und die Hexe hatte keine Gewalt mehr über sie.

»Diese Lämmer sind also deine Brüder?« fragte der Priester.

»Ja, es sind meine Brüder, und auch für sie ist die Stunde gekommen, daß sie der Gewalt der Hexe entgehen können, um ihre menschliche Gestalt wieder anzunehmen. Legt Eure Stola über sie, sprecht ein Gebet, und Ihr werdet sehen, daß sie wieder Menschen werden wie ich.« Der Priester folgte diesem Rat, er legte seine Stola auf die Lämmer, auf eines nach dem andern, dabei jedesmal ein Gebet sprechend, und auf der Stelle nahmen sie ihre menschliche Gestalt wieder an. Goulven erzählte nun den Betrug der Magd, der Hexentochter, deren Opfer seine Schwester geworden war.

Man kehrte ins Schloß zurück und gedachte einen jeden nach Verdienst zu entgelten. Man sandte nach der alten Hexe in den Wald, und als sie gekommen war, wurde ein jeder – sie, ihre Tochter und der Gärtner – von vier Rossen auseinandergerissen, dann wurden sie auf einen großen Scheiterhaufen geworfen und zu Asche verbrannt.

Lévénès und ihre Brüder lebten von nun an glücklich und zufrieden und hatten, wie man sagt, viele Kinder.

Märchen aus der Bretagne

Der Jüngling, der am Tage tot war

Es war einmal ein Großkaufmann, der hatte drei Töchter. Eines Tages begab er sich auf eine Reise. Da rief er seine Töchter zu sich und fragte sie: »Ich reise in ein anderes Land, was soll ich mitbringen?«

Die älteste Tochter antwortete: »Bring mir ein Kleid, das sich mir von alleine an- und auszieht.« Die mittlere sagte: »Bring mir einen Spiegel, in dem ich alles sehen kann, was auf der Erde und im Himmel geschieht.« Da wandte er sich an die jüngste Tochter: »Was soll ich dir bringen?« Sie erwiderte: »Ich will nachdenken und es dir dann sagen.«

Sie hatte eine sehr kluge Amme, und diese fragte sie: »Mein Vater reist in ein fremdes Land. Was soll ich mir von ihm mitbringen lassen?« Die Amme riet ihr: »Er soll dir einen Apfel mitbringen, der dir jeden Wunsch erfüllt.« Das Mädchen ging zum Vater und sagte: »Kaufe mir einen Apfel, der wieder zusammenwächst, wenn ich ihn aufschneide, und durch den ich die Mutter des Königs werde, wenn ich von ihm esse.« – »Gut«, sagte der Vater und begab sich auf die Reise. Nach einem Jahr kehrte er heim. Den älteren Töchtern brachte er, was sie ihm aufgetragen hatten. Zur jüngsten aber sagte er: »Worum du mich gebeten hast, habe ich dir nicht mitbringen können. Gegen Osten lag ein Garten, der hatte einen Zaun aus Schlangen und als Hüter Drachen. Dort stand der Apfelbaum. Kein Mensch hat diesen Garten je betreten. Wie hätte ich dir da jenen Apfel bringen können!« Das Mädchen wurde traurig und begann zu weinen. Die Amme kam herzu und fragte: »Warum weinst du, mein Liebling?« – »Mein Vater hat den Apfel nicht mitbringen können, aber meinen Schwestern hat er die gewünschten Geschenke mitgebracht.« Die Amme tröstete sie: »Wenn du tüchtig bist, besorgst du dir selbst den Apfel. Zieh gen Osten, auf einem freien Feld wirst du einen kleinen Garten erblicken. Das ist der Garten, den der Schlangenzaun umgibt und dessen Eingang zwei Drachen mit aufgesperrten Rachen behüten. Im Garten steht nur dieser eine Baum. Das Getier bewacht ihn und seine Früchte. Mittags, wenn die Sonne hoch steht und die Hitze brennt, werden die Schlangen und Drachen schläfrig. Diese Zeit mußt du wählen. Du mußt hineinspringen und einen Apfel pflücken, darfst aber nicht zurückschauen.«

Das Mädchen machte sich auf den Weg. Sie ritt einen Tag, einen zweiten, einen dritten, einen ganzen Monat. Schließlich gelangte sie auf jenes Feld. Sie schaute sich um und erblickte etwas Seltsames: An einer Stelle war ein Schlangenzaun ringförmig aufgerichtet, und am Eingang lagen riesige Drachen mit aufgerissenen Rachen. Innen stand ein einziger silberner Baum mit smaragdgrünen Blättern. Er hing über und über voller praller Äpfel. Auf der einen Seite schimmerten sie wie Rubine, auf der anderen wie Diamanten.

Als das Mädchen dies sah, verlor sie fast den Verstand. Und sie nahm sich fest vor, entweder das Opfer dieses Gewürms zu werden oder den gewünschten Apfel zu pflücken. Am Mittag ritt sie näher heran. Da sah sie, daß die Drachen schliefen. Das Mädchen sprang vom Pferd und huschte in den Garten hinein. Sie pflückte einen Apfel und lief zurück. Sie rannte und hielt den Apfel fest. Ihre Freude war über alle Maßen groß, aber sie vernahm seltsame Geräusche: Alle Schlangen waren erwacht, und die Drachen stürzten ihr zischend und brüllend nach. Sie blickte sich um. Da blieb ihr das Herz vor Angst fast stehen, ihre Kräfte versagten. Das Gewürm war ihr dicht auf den Fersen. Da vernahm sie eine Stimme: »Wirf ihnen den Apfel hin, sonst bist du verloren.« In ihrer Verzweiflung warf sie den Verfolgern den Apfel hin und brach ohnmächtig zusammen. Bald darauf kam sie wieder zu sich, stand auf und sah sich um. Nichts war zu sehen, weder Apfelbaum noch die Drachen und Schlangen. Sie wollte nun nach Hause zurückkehren, aber sie fand den Weg nicht mehr. Sie wanderte, ohne zu wissen, wohin.

Als das Mädchen aufblickte, gewahrte sie eine kleine Kapelle. Sie ging zur Tür. Die Tür war jedoch von innen verschlossen. Das Mädchen ging um die Kapelle herum, um sich einen Unterschlupf und Nahrung zu suchen. Beides fand sie nicht. Als es dunkel wurde, hörte das Mädchen von drinnen ein Geräusch. Sie erschrak und versteckte sich. Plötzlich ging die Tür auf, ein Jüngling kam aus der Kapelle und verschwand in der Finsternis. Die Tür blieb offen. Das Mädchen ging hinein und sah, daß in der einen Ecke ein Sarg stand und in der anderen ein Bett. Vor dem Bett stand ein Tisch mit Brot und Wein. Da das Mädchen großen Hunger hatte, wollte sie ein Stück vom Brot abbrechen, doch da hörte sie Schritte. Sie kroch unter das Bett. Der Jüngling kam herein. Dann setzte er sich und begann zu essen.

Kaum war die Dämmerung angebrochen, als der junge Mann den Sargdeckel hob und sich in den Sarg legte.

Das Mädchen kam aus ihrem Versteck hervor und ging zu dem Sarg, um den Jüngling um Brot zu bitten. Da sah sie, daß er tot war. Sie erschrak, ging zu dem Tisch und dachte: »Ich werde mir selbst Brot abbrechen und davon essen.«

Doch sie fand alles unberührt vor. Da wunderte sie sich sehr: »In der Nacht hatte der Mann noch von dem Brot gegessen, und schon war der Tisch wieder gefüllte.« Trotz großen Hungers wagte sie nicht zu essen. Das Mädchen öffnete die Tür und ging hinaus. Sie wollte fortgehen, aber sie wußte nicht, wohin. Am

Abend ging sie jedoch wieder in die Kapelle. Als die Sonne unterging, zündete sich das Licht in der Kapelle von selbst an. Sie blickte auf und verbarg sich. Nun sah sie einen schönen jungen Mann aus dem Sarg steigen. Er reckte sich, lief umher, wusch sich, setzte sich an den Tisch und begann zu essen. Ein paar Brotkrümel fielen vom Tisch, das Mädchen streckte die Hand aus, steckte sich die winzigen Krumen in den Mund und stillte den ärgsten Hunger. Kaum begann es zu dämmern, da legte sich der Jüngling wieder in den Sarg, ohne das Mädchen bemerkt zu haben. Am nächsten Morgen kam das Mädchen unter dem Bett hervor. Jetzt konnte sie sich nicht mehr beherrschen, da sie vor Hunger ganz schwach war. Sie ging zu dem Tisch und fand wieder alles unberührt. Da faßte sie Mut, schnitt sich Brot und Fleisch ab, schenkte sich auch ein Glas Wein ein und trank.

Inzwischen war es Nacht geworden. Wieder kroch das Mädchen unters Bett. Der junge Mann verließ alsbald den Sarg und setzte sich an den Tisch. Kaum hatte er das Brot erblickt, sprang er auf: »Wie ist das geschehen! Dreißig Jahre lang habe ich nicht einmal eine Maus in der Kapelle gesehen!«

Er ließ ein Stück Brot herunterfallen. Das Mädchen griff danach. Da packte er sie an der Hand und zog sie hervor. Er betrachtete sie und fand Gefallen an ihr. Sie erzählten einander ihre Erlebnisse. Das Mädchen fragte den jungen Mann: »Wie ist es möglich, daß du tagsüber tot bist und nachts lebendig?«

»Ich bin der Sohn eines Herrschers. Die Jagd liebte ich über alles. Eines Tages zog ich wieder auf die Jagd und verfolgte einen Hirsch. Tag und Nacht blieb ich ihm auf den Fersen, ohne ihn aus den Augen zu verlieren. Plötzlich sprang er einen hohen Berg hinauf und verschwand. Als ich den Berg erstieg, sah die Sonne mit ihren neun Augen auf die Erde herab und verbrannte alles. Ich war von der Hitze so gepeinigt, daß ich einen Pfeil auf die Sonne abschoß. Er traf ein Auge und ließ es erblinden. Seitdem ist die

Hälfte der Erde in Dunkel gehüllt. Dafür hat Gott mich bestraft: Tagsüber bin ich tot und nachts lebendig. Meine Eltern haben mir diese Kapelle gebaut. Hier haben sie meinen Sarg beigesetzt, und seither lebe ich hier. Nachts habe ich ein Brot, ein Stück Hammelfleisch und einen Krug Wein. Sobald ich einschenke, füllt sich der Wein wieder auf; schneide ich vom Fleisch ab, wächst es wieder nach; nehme ich ein Stück Brot, so wächst auch dieses wieder nach. Als du dir Brot nahmst, wuchs es nicht wieder nach. Jetzt weiß ich nicht, was ich dir zu essen geben soll.« Es dauerte nur kurze Zeit, und das Mädchen und der junge Mann verliebten sich ineinander. Nachts verschwand der Mann im Dunkel, um Brot herbeizuschaffen. Manchmal blieb er selbst hungrig und gab ihr seinen Anteil. So versorgte er das Mädchen sechs Monate lang. Eines Nachts sagte sie ihm, daß sie ein Kind erwartet. Da entgegnete der Mann: »Du kannst nicht hier bleiben. Ich liebe dich sehr, aber hier kann ich nicht für dich sorgen. Du mußt gehen!«

Weinend erwiderte sie: »Ich kann nicht von dir gehen.« Der Mann holte ein Wollknäuel hervor, gab ihr das Ende des Fadens in die Hand, rollte es ins Freie und sagte: »Folge diesem Knäuel, es wird dich zu meinen Eltern führen. Sage meinen Eltern kein Wort. Wenn du das Kind bekommen hast, so laß es dort und kehre wieder zu mir zurück.«

Er umarmte und küßte das Mädchen und ließ sie hinaus. Sie folgte dem Knäuel. Dieses rollte bis vor ein bewehrtes Schloß. Dort ließ die junge Frau sich nieder. Die Diener sahen sie und wollten sie nicht ins Haus lassen, aber dann erblickte sie der Hausherr. Ihm tat die schwangere Frau leid, und er ließ sie ein. Eines Tages gebar sie einen schönen Knaben.

Der Arme lag in einem Winkel auf Stroh und war mit Lumpen bekleidet. Jede Nacht vernahm die Frau von draußen eine Stimme, die rief: »Meine Seele, wie geht es dir und meinem Sohn?« Die Frau entgegnete: »Auf Stroh liegen ich und dein

Sohn, wir haben Lumpen an. Brotrinde wirft man uns hin. Um sie aufzuweichen, haben wir einen Krug Wasser.« Der Mann sagte zu sich: »Weh meiner Mutter! Weh meinem Vater! Weh der Amme!« Und er verschwand im Dunkel der Nacht. Die Wächter stürzten hinaus, aber sie konnten niemanden sehen.

Man fragte die Frau: »Wer ist das, der mit dir spricht?«

Sie erzählte ihre Erlebnisse. Da vermuteten die Eltern, daß der junge Mann ihr Sohn sei. Sie brachten die Frau in ein schönes Zimmer und umgaben sie mit Dienerinnen.

»Wenn der Mann kommt, rufe ihn hier herein und laß ihn nicht gehen, bis wir ihn gesehen haben.«

In dieser Nacht geschah nichts. In der folgenden Nacht kam er an die Tür und rief: »Meine Seele, wie geht es dir und meinem Sohn?«

Als die Frau dies hörte, entgegnete sie: »Komm ins Zimmer!« Er erwiderte: »Ich kann nicht reinkommen. Ich habe nicht einmal das Recht hierherzukommen. Sage mir, wie geht es euch?« Die Frau gab nicht nach: »Ich sage es nicht, sieh selbst!« Der Mann konnte dem Flehen der Frau nicht widerstehen. Er ging hinein und begann das Kind zu küssen. Er umarmte auch die Frau. Hinter der Tür hielten sich seine Eltern verborgen. Sie eilten herbei, hielten ihn fest, erkannten ihren Sohn, küßten ihn und weinten. Sie ließen ihn nicht gehen. Der junge Mann widersetzte sich: »Gleich kommt die Dämmerung. Ich muß gehen, sonst muß ich sterben!« Inzwischen krähte der Hahn. Es dämmerte schon. Dem Mann versagten die Knie, und er fiel tot zu Boden. Es begann ein Klagen und Jammern. Die Trauer der Eltern hatte keine Grenzen. Da sprang die Frau auf: »Ich muß ein Mittel finden, das ihn zum Leben erweckt.« Und sie machte sich auf den Weg. Die Eltern gaben ihr vier Männer als Diener mit. Die Frau meinte, sie müsse zur Sonne gehen, und diese müsse ihr das lebenweckende Mittel geben.

Sie zog davon. Die Männer folgten ihr. Monate, Jahre vergingen. Die Diener kamen unterwegs ums Leben. Die Kleider der Frau zerrissen. Sie wurde bettelarm und hatte keine Hoffnung mehr, je wieder heimzukehren. Daher beschloß sie, nicht umzukehren. Sie wollte das Land der Sonne erreichen und mußte diese um ein Mittel bitten, das dem Mann das Leben wiedergeben könnte. Als die junge Frau schließlich ins Schloß der Sonne kam, konnte sie sich kaum noch auf den Beinen halten. Die Sonne selbst war nicht zu Hause. Die Mutter der Sonne staunte: »Hierher hat sich aus Furcht vor meinem Kind noch kein Mensch gewagt. Die Sonne verbrennt alles Leben. Wie gelangtest du hierher?« – »Ich fürchte mich nicht«, antwortete die Frau. »Ich habe eine Bitte an die Sonne.« Sie erzählte ihre Erlebnisse und bat, ihr die Sonne zu zeigen. Die Mutter der Sonne entgegnete: »Du kannst die Sonne nicht sehen, ihre Nähe brennt alles nieder. Ich werde ihr dein Anliegen vortragen.«

Der Sonnenmutter tat die Frau leid, weil sie selbst ein Erdenkind war. Sie badete die Frau, kleidete sie, gab ihr zu essen und versteckte sie. Abends kam die Sonne mit ihren feuersprühenden Augen. Sofort rief sie: »Ich rieche einen Menschen!« Die Mutter antwortete: »Da ist niemand, mein Kind. Ich habe heute meine Kleider gewechselt. Ich habe gebadet, und ich bin doch ein Mensch. Das wird mein Geruch sein.«

Diese Worte beruhigten die Sonne. Sie setzten sich. Die Mutter brachte der Sonne das Abendbrot und begann dabei ein Gespräch: »Ach, mein Kind, wie schön wärst du, wenn du noch das neunte Auge hättest! Möge doch jener sterben, der dir das Auge ausgeschossen hat! Warum hast du ihn damals nicht gleich verbrannt?« – »Nein, Mutter, ihm ist eine größere Pein zuteil geworden: Tagsüber ist er tot und nachts lebendig! Dreißig Jahre lang hat er keinen Menschen zu Gesicht bekommen.« – »Ach, Kind, das ist zuviel Quälerei!« sagte die Mutter. »So ist das,

Mutter. So lange ist er schon allein. Auf freiem Feld steht eine Kapelle, dort liegt er tagsüber im Sarg, und nachts erwacht er und geht umher. Jeden Morgen stirbt er aufs neue.«

Die Mutter fragte die Sonne vorwurfsvoll: »Kind, warum hast du ihn so hart gestraft?«

»Mir tut er auch leid, aber ich kann ihm nicht helfen.«

»Gibt es denn nichts auf der Welt, was ihn heilen könnte ?« fragte die Mutter. »Er hat genug gelitten.«

»Natürlich gibt es ein Mittel.« – »Was ist das für ein Mittel?« fragte die Mutter neugierig. »Wird er mit einem Tropfen meines Badewassers beträufelt, so ist er sofort geheilt.«

Am nächsten Morgen brachte die Mutter der Sonne Wasser. Die Sonne wusch sich das Gesicht. Sie schöpfte jedoch Verdacht und verlangte: »Schütte das Wasser weg!« Die Mutter schüttete das Wasser weg, behielt aber ein wenig zurück. Die Sonne erhob sich und ging. Nun holte die Mutter die junge Frau aus ihrem Versteck. Sie goß ihr das Wasser in einen Krug, gab ihr Wegzehrung mit und ließ sie ziehen.

»Wenn du unterwegs einen Toten siehst, dann beträufle ihn mit dem Wasser, so wird er wieder lebendig werden«, trug ihr die Sonnenmutter auf.

Die Frau machte sich auf den Weg. Sie flog dahin, schnell wie ein Vogel. Unterwegs fand sie im Schnee erstickte Menschen. Sie beträufelte sie, und alles Leben kehrte in sie zurück. Auch ihre Diener belebte die Frau. Nach einem Jahr war sie wieder zu Hause. Alle freuten sich über ihr Kommen, vor allem weil sie jenes Mittel mitbrachte, das ihren Mann zum Leben erwecken sollte. So beträufelte sie auch ihn mit dem Bade wasser der Sonne, und auch er ward wieder lebendig. Ihre Freude kannte keine Grenzen. Noch heute leben sie glücklich miteinander.

Märchen aus Georgien

Der weiße Bär König Valemon

Es war einmal, wie man häufiger hat, ein König. Der hatte drei Töchter; zwei, die waren häßlich und böse; aber die dritte war so schön und freundlich wie der helle Tag, und der König und alle hatten sie lieb. Sie träumte einmal von einem goldenen Kranz, der war so wunderschön, daß sie nicht leben konnte, ohne ihn zu besitzen. Aber da sie ihn nicht bekommen konnte, wurde sie trübsinnig und konnte vor Kummer nicht sprechen. Als der König erfuhr, daß sie wegen des Kranzes so traurig war, schickte er einen Kranz umher, der ungefähr so aussah, wie es die Königstochter geträumt hatte, und er ließ bei den Goldschmieden in allen Ländern anfragen, ob sie einen ähnlichen anfertigen könnten. Sie arbeiteten Tag und Nacht; aber einige der Kränze warf die Königstochter von sich, und andere wollte sie nicht einmal ansehen. Aber einmal war sie im Wald, und da erblickte sie einen weißen Bären, der trug den Kranz, von dem sie geträumt hatte, zwischen den Tatzen und spielte damit. Da wollte sie den Kranz kaufen.

Nein, für Geld sei er nicht zu haben, sondern nur, wenn er sie selbst bekäme. Ja, ohne den Kranz sei ihr das Leben gar nichts mehr wert, sagte sie, und es sei ihr einerlei, wohin sie komme und wen sie heirate, wenn sie nur den Kranz bekäme; also verabredeten sie, daß er sie in drei Tagen, und zwar an einem Donnerstag, holen sollte.

Als sie mit dem Kranz nach Hause kam, freuten sich alle, weil sie wieder froh war, und der König meinte, es könne wohl nicht so schwierig sein, einen weißen Bären drei Schritt vom Leibe zu halten.

Am dritten Tag mußte sich das ganze Kriegsheer um das Schloß herum aufstellen, um ihn in Empfang zu nehmen. Als aber der weiße Bär kam, konnte niemand gegen ihn standhalten, denn keine Waffe konnte ihm etwas anhaben. Er schlug die Leute auf allen Seiten nieder, so daß sie in Haufen dalagen. Das fand der König doch gar zu schlimm, also schickte er seine älteste Tochter hinaus. Der weiße Bär nahm sie auf den Rücken und trabte mit ihr davon. Als sie nun weit und weiter als weit gereist waren, fragte der weiße Bär: »Hast du jemals weicher gesessen? Hast du jemals heller gesehen?«

»Ja, auf meiner Mutter Schoß habe ich weicher gesessen, und in meines Vaters Schloß habe ich heller gesehen«, sagte sie.

»Dann bist du nicht die Rechte«, sagte der weiße Bär und jagte sie wieder nach Hause.

Am nächsten Donnerstag kam er wieder, und da ging es genauso. Das Kriegsheer war draußen und sollte den weißen Bären in Empfang nehmen; aber Eisen und Stahl hatten keine Wirkung auf ihn, und er mähte die Leute nieder wie Gras, so daß der König ihn bitten mußte aufzuhören. Dann schickte er ihm die zweitälteste Tochter hinaus, und die nahm der weiße Bär auf den Rücken und trabte mit ihr los. Als sie nun weit und weiter als weit gereist waren, fragte der weiße Bär: »Hast du jemals heller gesehen? Hast du jemals weicher gesessen?«

»Ja«, sagte sie, »in meines Vaters Schloß habe ich heller gesehen, und auf meiner Mutter Schoß habe ich weicher gesessen.«

»Dann bist du nicht die Rechte«, sagte der weiße Bär und jagte sie wieder nach Hause.

Am dritten Donnerstag kam er wieder. Da schlug er noch härter zu als die beiden ersten Male, und nun meinte der König, er könne ihn doch nicht das ganze Kriegsheer niedermetzeln lassen; also gab er ihm in Gottes Namen seine dritte Tochter. Der Bär nahm sie auf den Rücken und trug sie weiter und immer weiter fort; und als sie in den Wald kamen, fragte er sie, wie er die anderen gefragt hatte, ob sie jemals weicher gesessen und klarer gesehen habe. »Nein, niemals!« sagte sie.

»Ja, du bist die Rechte«, sagte er.

Da kamen sie zu einem Schloß, das war so prächtig, daß im Vergleich damit das Schloß ihres Vaters wie die armseligste Kate erschien. Dort sollte sie nun bleiben und das Leben genießen, und sie hatte nichts weiter zu tun, als aufzupassen, daß das Feuer nicht ausging. Der Bär war am Tage fort, aber nachts war er bei ihr, und da war er ein Mensch. Das ging alles schön und gut drei Jahre lang. Aber jedes Jahr bekam sie ein Kind, und das nahm er mit sich fort, sobald es zur Welt gekommen war. Da wurde sie immer trübsinniger und fragte ihn, ob sie einmal nach Hause fahren dürfe, um ihre Eltern zu besuchen. Ja, er hatte nichts dagegen einzuwenden; aber zuerst mußte sie ihm versprechen, daß sie nur darauf hören wollte, was der Vater sagte, aber nichts von dem tun, was die Mutter von ihr wollte. Sie kam nach Hause, und als die Eltern nun allein mit ihr waren und sie erzählt hatte, wie es ihr ging, wollte die Mutter ihr eine Kerze mitgeben, damit sie sehen könnte, wie der Bär in Wirklichkeit wäre. Aber der Vater sagte:

»Nein, das soll sie nicht tun, denn das bringt nur Schaden und keinen Segen.«

Aber wie es auch kam, erhielt sie doch den Kerzenstummel mit, als sie wieder wegfuhr. Als er eingeschlafen war, zündete sie als erstes die Kerze an und leuchtete; er war so schön, daß sie sich nicht an ihm satt sehen konnte. Wie sie aber leuchtete, fiel ein heißer Talgtropfen auf seine Stirn, und er erwachte.

»Was hast du da getan?« sagte er, »jetzt hast du uns alle beide unglücklich gemacht; es wäre nur ein Monat übrig gewesen, wenn du den ausgehalten hättest, wäre ich erlöst worden, denn eine Hexe hat mich verzaubert, so daß ich am Tage ein weißer Bär bin. Jetzt ist es aber aus mit uns, und ich muß zu ihr fahren und sie heiraten.«

Sie weinte und jammerte, aber er mußte und sollte reisen. Dann fragte sie, ob sie nicht mitkommen dürfe. Das sei nicht möglich, sagte er. Aber als er in der Bärengestalt auf und davon fuhr, packte sie ihn am Pelz, schwang sich auf seinen Rücken und hielt sich gut fest. Es ging über Geröll und Felsen, durch Unterholz und Gestrüpp, bis ihr die Kleider vom Leib gerissen wurden und sie so todmüde war, daß sie losließ und nichts mehr von sich wußte. Als sie erwachte, war sie in einem großen Wald; und nun wanderte sie weiter, aber sie wußte nicht, wohin es ging. Nach langer, langer Zeit kam sie zu einem Häuschen, da waren ein altes Mütterchen und ein schönes kleines Mädchen. Die Königstochter fragte, ob sie den weißen Bären König Valemon gesehen hätten.

»Ja, heute morgen ist er hier vorbeigekommen, aber er war so schnell, daß du ihn bestimmt nicht wieder einholen wirst«, sagten sie. Das kleine Mädchen sprang herum und schnippte und spielte mit einer goldenen Schere; die war so beschaffen, daß Seiden- und Samtlappen um sie herumflogen, wenn sie nur damit in die Luft schnitt. Wo die Schere war, fehlte es nie an Kleidern.

»Aber diese Frau, die so weit und so böse Wege gehen muß, wird es schwer haben«, sagte das kleine Mädchen, »sie hätte die Schere nötiger als ich, um sich Kleider zu schneiden«, sagte sie, und nun fragte sie, ob sie ihr nicht die Schere schenken dürfe. Ja, das dürfe sie gerne. Tag und Nacht ging die Königstochter weiter durch den Wald, der nie ein Ende nehmen wollte, und am nächsten Morgen kam sie wieder zu einem Häuschen. Da waren auch zwei Frauen, ein altes Mütterchen und ein kleines Mädchen.

»Guten Tag«, sagte die Königstochter, »habt ihr den weißen Bären König Valemon gesehen?« fragte sie.

»Ach, bist du es vielleicht, die ihn heiraten sollte?« sagte das Mütterchen. Ja, das sei sie. »Ja, er ist gestern hier vorbeigekommen; aber er ging so schnell, daß du ihn nie wieder einholen wirst«, sagte sie.

Das kleine Mädchen lief herum und spielte mit einer Flasche, die war so beschaffen, daß sie alles einschenkte, was man haben wollte, und wo die war, fehlte es nie an Getränken.

»Aber diese arme Frau, die so weit und so böse Wege gehen soll, wird wohl Durst und viele andere Qualen aushalten müssen«, sagte das kleine Mädchen, »sie wird die Flasche nötiger haben als ich«, sagte sie, und nun fragte sie, ob sie ihr die Flasche schenken dürfe. Ja, das dürfe sie gerne.

Da bekam die Königstochter die Flasche, bedankte sich und wanderte wieder weiter durch denselben Wald, den ganzen Tag und die ganze Nacht. Am dritten Morgen kam sie zu einem Häuschen, und da waren auch ein altes Mütterchen und ein kleines Mädchen.

»Guten Tag«, sagte die Königstochter.

»Guten Tag«, sagte das Mütterchen.

»Habt ihr den weißen Bären König Valemon gesehen?« sagte sie.

»Bist du es vielleicht, die ihn heiraten sollte?« sagte die Frau. Ja, das sei sie. »Ja, gestern abend ist er hier vorbeigekommen, aber er war so schnell, daß du ihn nie einholen wirst«, sagte sie.

Das kleine Mädchen lief herum und spielte mit einem Tuch, das war so beschaffen, daß wenn man zu ihm sagte:

»Tüchlein streck dich und deck dich mit allen guten Gaben!«, dann tat es auch so, und wo das Tuch war, fehlte es nie an guten Speisen.

»Aber diese arme Frau, die so weit und so böse Wege gehen soll«, sagte das kleine Mädchen, »sie wird wohl Hunger und andere Qualen leiden müssen, und sie wird wohl dieses Tuch nötiger haben als ich«, und dann fragte sie, ob sie ihr das Tuch schenken dürfe. Ja, das dürfe sie gern.

Da nahm die Königstochter das Tuch, bedankte sich und wanderte wieder weiter als weit durch denselben finsteren Wald, den ganzen Tag und die ganze Nacht, und am Morgen kam sie zu einem Felsen, der war so steil wie eine Wand und aus Kristall und so hoch und so breit, daß sie kein Ende sehen konnte. Da war auch ein Häuschen, und als sie eintrat, war das erste, was sie sagte: »Guten Tag, habt ihr den weißen Bären König Valemon diesen Weg kommen sehen?«

»Guten Tag«, sagte die Frau, »vielleicht bist du es, die ihn heiraten sollte?« Ja, das sei sie. »Nun ja, vor drei Tagen ist er diesen Berg hinaufgezogen, aber da kann man ohne Flügel nicht hinauf«, sagte die Frau.

In diesem Häuschen waren eine Menge kleiner Kinder, und alle hingen sie ihrer Mutter an der Schürze und schrien nach Essen. Die Frau setzte einen Kessel voll runder Kieselsteine aufs Feuer. Die Königstochter fragte, was das bedeuten sollte. Ach, sagte die Frau, sie seien so arm, daß sie weder Essen noch Kleider hätten, und es täte ihr so weh, die Kinder nach einem Bissen Brot schreien zu hören; wenn sie aber den Kessel aufs Feuer setzte und sagte:

»Nun sind die Kartoffeln bald gar«, so stillte das gewissermaßen den Hunger, und das Schreien ließe eine Weile nach, sagte sie. Da holte die Königstochter schleunigst das Tuch und die Flasche hervor, das versteht sich von selbst, und als die Kinder satt und froh waren, schnitt sie ihnen Kleider mit der goldenen Schere.

»Ja«, sagte die Frau im Hause, »weil du zu mir und meinen Kindern so herzlich gut gewesen bist, so wäre es eine Schande, wenn ich nicht alles täte, was in unserer Macht steht, um dir über den Berg zu helfen. Mein Mann ist ein richtiger Meisterschmied. Nur wirst du so lange Geduld haben müssen, bis er nach Hause kommt, dann will ich ihm sagen, er soll dir Klauen für Hände und Füße schmieden, so kannst du selbst versuchen hinaufzuklettern.«

Als der Schmied kam, machte er sich sofort an die Arbeit, und am anderen Morgen waren die Klauen fertig. Sie hatte keine Zeit, länger zu warten, sondern bedankte sich, hakte sich an der kristallenen Felsenwand fest und kroch und kletterte den ganzen Tag und die ganze Nacht hinauf, und als sie so müde war, so müde, daß es ihr schien, als könne sie keine Hand mehr rühren und müsse darum wieder heruntergleiten, da war sie oben. Dort war eine Ebene mit Äckern und Wiesen, so groß und so weit, daß sie sich nie etwas so Weites und so Ebenes hätte vorstellen können, und dicht daneben war ein Schloß mit vielen Arbeitsleuten, die schufteten wie die Ameisen in ihrem Haufen.

»Was ist denn hier los?« fragte die Königstochter.

Ja, hier wohne die Hexe, die den weißen Bären König Valemon verzaubert habe, und in drei Tagen solle sie mit ihm Hochzeit feiern. Sie fragte, ob sie die Hexe nicht sprechen könne. Nein, wie könne sie so etwas glauben, das sei doch ganz unmöglich. Da setzte sie sich vor dem Fenster nieder und fing an, mit der goldenen Schere zu schneiden, daß die Seiden- und Samttücher wie Schneegestöber herumflogen. Als die Hexe das sah, wollte sie die Schere kaufen. »Denn so sehr die Schneider sich auch anstrengen, sie schaffen es doch nicht«, sagte sie, »es sind zu viele, die neue Kleider haben sollen.«

Für Geld sei sie nicht zu haben, sagte die Königstochter; aber sie könne die Schere haben, wenn sie ihr erlauben würde, eine Nacht bei dem Bräutigam zu schlafen. Ja, das dürfe sie gerne tun, sagte die Hexe; sie wolle ihn aber selbst in den Schlaf lullen und selbst wieder wecken. Als er sich zu Bett gelegt hatte, gab die Hexe ihm einen Schlaftrunk, so daß er nicht aufwachen konnte, wie sehr die Königstochter auch rief und weinte.

Am nächsten Tag ging die Königstochter wieder vor das Fenster und fing an, aus der Flasche einzuschenken; es sprudelte wie ein Bach mit Bier und Wein, und die Flasche wurde nie leer. Als die Hexe das sah, wollte sie die Flasche kaufen. »Denn soviel man auch braut und brennt, es reicht doch nie aus, es sind zu viele, die trinken wollen«, sagte sie. Für Geld sei sie nicht zu haben, sagte die Königstochter; aber wenn sie ihr erlauben würde, mit dem Bräutigam eine Nacht zu schlafen, solle sie die Flasche haben. Ja, das dürfe sie wohl, sagte die Hexe; sie wolle ihn aber selbst in den Schlaf lullen und selbst wieder wecken. Als er sich zu Bett gelegt hatte, gab sie ihm wieder einen Schlaftrunk, also wurde es diese Nacht auch nicht besser. Er wachte nicht auf, wie sehr auch die Königstochter rief und weinte. Aber in dieser Nacht arbeitete einer der Handwerker im Zimmer nebenan. Er hörte das Weinen und begriff, wie es zusammenhing, und am nächsten Tag sagte er zum Prinzen, daß die Königstochter wohl gekommen sei, die ihn erlösen solle.

An diesem Tage ging es mit dem Tuch genauso, wie es mit der Schere und der Flasche gegangen war. Um die Mittagszeit ging die Königstochter vor das Schloß, nahm das Tuch hervor und sagte: »Tüchlein streck dich und deck dich mit allen guten Gaben!« Und plötzlich war so viel Essen da, daß es für hundert Mann ausreichen würde; aber die Königstochter setzte sich allein zu Tisch. Als die Hexe das Tuch sah, wollte sie es kaufen.

»Denn soviel man auch kocht und brät, so genügt es doch nicht; es sind zu viele Mäuler, die Essen haben wollen«, sagte sie. Für Geld sei es nicht zu haben, sagte die Königstochter; aber wenn sie eine Nacht bei dem Bräutigam schlafen dürfe, sollte sie es haben. Damit war die Hexe einverstanden, sie wollte ihn aber selbst in den Schlaf lullen und selbst wieder wecken. Als er sich zu Bett gelegt hatte, kam sie mit dem Schlaftrunk; aber diesmal nahm er sich in acht und überlistete sie. Aber die Hexe traute ihm diesmal auch nicht allzusehr; sie nahm eine Stopfnadel und stach ihm in den Arm, um zu sehen, ob er fest genug schlafe. Auch wenn es noch so weh tat, er rührte sich nicht, und da durfte die Königstochter zu ihm hereinkommen.

Nun war alles schön und gut, und wenn sie nur die Hexe loswerden könnten, würde er erlöst sein. Er hieß die Zimmerleute eine Falltür in die Brücke bauen, über die das Brautgefolge ziehen sollte; denn es war dort Sitte, daß die Braut voranritt. Als sie auf die Brücke kam, senkte sich die Falltür mit der Braut und allen Hexen, die ihre Brautjungfern waren. Aber König Valemon und die Königstochter und alle Hochzeitsgäste gingen ins Schloß zurück und nahmen von dem Gold und den Schätzen der Hexe mit, alles, was sie nur tragen konnten, und dann zogen sie davon in sein Land und wollten dort die richtige Hochzeit feiern. Aber unterwegs kehrte König Valemon bei den drei kleinen Mädchen ein und nahm sie mit, und jetzt erkannte die Königstochter, warum er ihr die Kinder weggenommen und ausgesetzt hatte; das war, damit sie ihr auf dem Weg zu ihm helfen sollten. Dann wurde die Hochzeit gefeiert mit Speise und Trank in Hülle und Fülle.

Märchen aus Norwegen

Die Hilfreichen und die Treuen

Die Heldinnen in diesem Kapitel sind Zauberkundige. Sie setzen ihre Macht ein, um dem Mann, dem Geliebten zu helfen, der unüberwindbare Aufgaben zu lösen hat. Charakteristisch für die »Hilfreichen und die Treuen« ist, daß die Frau, die Geliebte die Aufgaben löst, während der in Not sich befindende Mann oft tief schläft. Unbeirrbar halten die Heldinnen an ihrer Treue zum Mann, zum Geliebten fest und nehmen dafür Not und Leid in Kauf.

Der Zar des Meeres und Wassilissa, die Allweise

Hinter den dreimal neun Ländern im dreimal zehnten Weltreich lebten einmal ein Zar und eine Zarin, die hatten kein Kind.

Einst ritt der Zar fort in fremde Länder, in die weite Welt und war lange, lange nicht zu Hause. In dieser Zeit gebar die Zarin einen Sohn, den Iwan Zarewitsch. Der Zar aber wußte nichts davon. Endlich ritt er wieder heim in sein Reich. Schon war er der Heimat nahe, da brannte eines Tages die Sonne heiß und immer heißer auf ihn herab . Ein furchtbarer Durst überfiel ihn – alles, alles hätte er hingegeben für einen einzigen Schluck Wasser. Er schaute sich um – gar nicht weit sah er einen großen See. Er ritt zu dem See, stieg vom Rosse, legte sich ans Ufer und fing an, das kühle Wasser in vollen Zügen zu trinken – trinkt und ahnt kein Unheil. Plötzlich packte ihn der Zar des Meeres am Barte.

»Laß mich los!« bittet ihn der Zar.

»Nein, ich lasse dich nicht los, untersteh dich nicht, hier ohne mein Wissen zu trinken!«

»Ich gebe dir alles, was du verlangst, nur laß mich los!«

»So gib mir das aus deinem Hause, wovon du nichts weißt!« Der Zar dachte hin und her: Was kenne ich denn nicht in meinem Hause? Ich weiß doch alles, kenne doch alles. Und er willigte ein. Er versuchte, seinen Bart herauszuziehen – keiner hielt ihn fest. Er stand von der Erde auf, bestieg sein Roß und ritt heimwärts.

Er kam nach Hause, die Zarin empfing ihn voller Freude und zeigte ihm den Sohn. Der Zar sah sein liebes Kind und brach in bittere Tränen aus. Er erzählte der Zarin, was ihm geschehen war, und sie weinten miteinander. Aber was war zu machen? Tränen helfen ja nicht, sie mußten weiterleben wie zuvor.

Der Zarewitsch wuchs und wuchs, nicht täglich, sondern stündlich, wie ein Hefeteig, der aufgeht in der Wärme, und wurde groß und kräftig. Der Zar dachte aber in seinem Herzen: wie gerne ich ihn behalten möchte – hergeben muß ich ihn doch, das ist unabänderlich! Er sattelte sein Pferd, nahm Iwan Zarewitsch und brachte ihn an jenen See. »Suche mir meinen Ring, den ich gestern hier verloren habe!« Damit verließ er den Zarewitsch Iwan und kehrte nach Hause zurück.

Zarewitsch Iwan fing an, den Ring zu suchen und ging am Ufer entlang. Da kam ihm eine alte Frau entgegen: »Wohin gehst du, Zarewitsch Iwan?«

»Ach laß mich in Ruhe, langweile mich nicht, Alte, auch ohne dich habe ich Kummer genug!«

»Nun, so behüte dich Gott«, sagte die Alte und ging vorüber.

Zarewitsch Iwan aber dachte plötzlich bei sich: »Warum habe ich die Alte so beschimpft? Ich werde sie zurückholen, alte Leute sind weise und können raten, vielleicht rät sie mir Gutes.« Und er rief ihr zu: »Komme zurück, Großmütterchen, und entschuldige mein dummes Wort, das sagte ich nur aus Kummer. Der Vater hat mir befohlen, seinen Ring zu suchen. Ich gehe herum und suche überall, aber von dem Ring ist nichts zu sehen.«

»Nicht des Ringes wegen bist du hier«, sagte die Alte. »Dein Vater hat dich dem Zaren des Meeres versprochen, der wird wohl bald heraufkommen und dich in sein Reich unter dem Wasser holen.« Da begann der Zarewitsch bitterlich zu weinen. »So traurig brauchst du nun auch nicht zu sein«, sagte die Alte, »auch auf deinem Wege wird noch einmal ein Fest sein! Aber du mußt auf mich hören. Setze dich hinter jenen Johannisbeerbusch und sei leise, ganz, ganz leise! Bald werden zwölf Täubchen kommen, das sind in Wahrheit zwölf herrliche Jungfrauen. Zuletzt kommt auf ihrer Spur die dreizehnte Taube geflogen. Sie werden miteinander im See baden. Du aber nimm unterdessen der dreizehnten ihr weißes Hemdchen weg und gib es nicht eher wieder her, bis sie dir ihr Ringlein schenkt. Wenn du das nicht fertigbringst, bist du auf immer und ewig verloren. Rund um das Schloß des Meerzaren steht ein spitzer Zaun, zehn Werst weit, und auf jeder Spitze sitzt ein Menschenkopf. Ein Pfahl ist gerade noch leer, hüte dich, daß dein Kopf nicht darauf kommt!«

Zarewitsch Iwan bedankte sich, verbarg sich hinter dem Johannisbeerbusch und wartete auf die rechte Stunde. Da kamen zwölf weiße Täubchen geflogen, setzten sich auf die feuchte Erde und verwandelten sich in lauter Jungfrauen, alle, von der ersten bis zur letzten von so großer Schönheit, daß man es nicht ausdenken, nicht erraten und nicht beschreiben kann.

Sie warfen ihre Kleider ab, sprangen in den See und fingen an zu spielen, zu planschen, zu lachen und zu singen. Auf einmal kam auf ihrer Spur die dreizehnte geflogen, schlug auf die feuchte Erde und verwandelte sich in eine Jungfrau. Und sie war die lieblichste und schönste von allen. Sie warf ihr Hemdchen ab von ihrem weißen Leib und ging ins Wasser. Lange konnte der Zarewitsch kein Auge von ihr wenden, lange schaute er sie an. Plötzlich erinnerte er sich an den Rat der Alten, schlich leise herzu und nahm das weiße Hemdchen. Die schöne Jungfrau stieg aus dem Wasser – ach, das weiße Hemdchen ist verschwunden, irgend jemand hat es fortgetragen! Alle Jungfrauen stürzten herbei und fingen an zu suchen. Sie suchten und suchten. Aber nirgends war es zu sehen. Da sprach die dreizehnte Jungfrau:

»Sucht nicht, meine lieben Schwestern, fliegt nach Hause, ich bin selber schuld. Ich habe mein Hemdchen nicht gehütet, selber muß ich es verantworten.« Die schönen Jungfrauen warfen sich auf die feuchte Erde, wurden wieder zu Tauben, schwenkten ihre Flügelchen und flogen davon. Die dreizehnte blieb allein zurück. Sie sah sich um und rief: »Wer du auch seiest, der du mein Hemdchen hast, komm hervor! Wenn du ein alter Mensch bist, sei mein Väterchen, wenn du im mittleren Alter stehst, sei mein Brüderchen, bist du mir aber gleich an Jahren, sei mein geliebter Freund!«

Kaum hatte sie das letzte Wort gesprochen, da zeigte sich Iwan Zarewitsch. Sie reichte ihm ihr goldenes Ringlein und sprach: »Ach Zarewitsch Iwan, warum bist du so lange ausgeblieben? Der Zar des Meeres ist sehr zornig auf dich. Dort führt der Weg in das Zarenreich unter dem Wasser. Geh mutig weiter auf diesem Wege, du wirst auch mich dort unten finden, denn ich bin des Meerzaren Tochter Wassilissa, die Allweise.« Damit verwandelte sie sich wieder in eine Taube und flog fort.

Zarewitsch Iwan aber begab sich in das Zarenreich unter dem Wasser. Und was sieht er? Dort leuchtet das gleiche Licht wie bei uns, dort sind Felder, Wiesen und grüne Haine, und die liebe Sonne wärmt. Und er kam zum Zaren des Meeres hinab. Der aber herrschte ihn an: »Wo bist du so lange geblieben? Für dieses Vergehen mußt du mir eine Aufgabe lösen! Ich habe eine Einöde, dreißig Werst lang und dreißig Werst breit, voll tiefer Gräben, Dornhecken und spitzer Steine. In einer Nacht soll sie so eben wie mein Handteller sein und mit Roggen besät, und am frühen Morgen soll der Roggen schon so hoch stehen, daß eine Krähe sich mit Leichtigkeit darin verbergen kann. Wenn du das nicht fertigbringst, verlierst du deinen Kopf!« Zarewitsch Iwan ging hinaus und weinte bittere Tränen. Aus dem Fenster des hohen Frauenturms sah ihn Wassilissa, die Allweise, und fragte ihn: »Sei gegrüßt, Zarewitsch Iwan, warum weinst du so sehr?«

»Was bleibt mir anderes übrig, als zu weinen?« antwortete der Zarewitsch. »Der Zar des Meeres hat eine Einöde, dreißig Werst lang und dreißig Werst breit, voll tiefer Gräben und Dornhecken und spitzer Steine. In einer Nacht soll sie so eben wie ein Handteller sein und mit Roggen besät. Und am frühen Morgen soll der Roggen schon so hoch stehen, daß eine Krähe sich mit Leichtigkeit darin verbergen kann.«

»Das ist doch kein Kummer«, rief Wassilissa, die Allweise. »Der echte Kummer kommt noch! Lege dich hin und schlafe mit Gott, der Morgen ist weiser als der Abend, es wird alles getan.« Zarewitsch Iwan legte sich schlafen. Wassilissa, die Allweise, aber trat auf die Freitreppe hinaus und rief mit lauter Stimme: »Ihr, meine treuen Dienerinnen, kommt herbei und ebnet die Gräben, schafft Dornhecken und Steine fort und sät den Samen des ährenreichen Roggens, auf daß am frühen Morgen alles vollendet sei!« Im Morgengrauen erwacht Zarewitsch Iwan. Und siehe, es ist alles getan. Da ist kein Graben mehr, kein Dornbusch, kein Stein. Vor ihm liegt das Feld, glatt wie der Teller der Hand, und schön steht der Roggen darauf und so hoch, daß eine Krähe sich mit Leichtigkeit darin verbergen kann.

Iwan, der Zarewitsch, ging zum Zar des Meeres, um es ihm anzuzeigen. »Ich danke dir«, sagte der Zar des Meeres, »daß du mir diesen Dienst erwiesen hast. Aber hier hast du noch eine zweite Aufgabe: Ich habe dreihundert Haufen Getreide, jeder Haufen hat dreihundert Garben reinen, hellen Weizen. Bis zum Morgenrot muß aller Weizen gedroschen sein, ganz sauber bis zum letzten Körnlein. Aber die Haufen zerbrich nicht und die Garben zerbrich nicht! Und wenn du das nicht fertigbringst, so rollt dein Kopf von den Schultern.«

»Ich gehorche Euch, hoher Zar«, sagte Zarewitsch Iwan. Und wieder ging er den Hof entlang und weinte bitterlich. »Warum weinst du so sehr?« fragte Wassilissa, die Allweise.

»Warum soll ich denn nicht weinen? Der Zar des Meeres hat mir befohlen, in einer Nacht alle seine Garben zu dreschen. Kein Körnlein soll fehlen, und doch dürfen die Haufen nicht auseinandergerissen werden und die Garben nicht zerstört.«

»Das ist kein Kummer, der rechte Kummer kommt noch. Lege dich mit Gott nieder und schlafe, der Morgen ist weiser als der Abend.«

Der Zarewitsch legte sich hin und schlief ein. Wassilissa, die Allweise, aber trat auf die Freitreppe hinaus und rief mit lauter Stimme: »Auf, ihr Ameisen, ihr kriechenden alle, soviel ihr auch seid auf der weiten Welt, kommt herbei und sucht mir die Körnlein aus Väterchens Garben, alle bis auf das letzte!«

Am frühen Morgen rief der Zar des Meeres den Zarewitsch Iwan. »Nun, hast du meinen Befehl erfüllt?«

»Hoher Zar, ich habe ihn erfüllt.«

»So wollen wir gehen und schauen.« Sie kamen zur Tenne. Alle Haufen standen unberührt. Sie gingen zur Kornkammer, die war voll mit Korn. »Ich danke dir, Bruder«, sagte der Zar des Meeres. »Und nun kommt noch eine Aufgabe: Baue mir bis zum Morgengrauen eine Kirche aus reinem Wachs! Dies soll dein letzter Dienst sein.«

Abermals ging Iwan, der Zarewitsch, auf den Hof hinaus und badete sein Gesicht in Tränen.

»Warum weinst du so bitterlich?« fragte Wassilissa aus ihrem hohen Frauenturm.

»Wie soll ich wackerer Jüngling nicht weinen? Der Zar des Meeres hat mir befohlen, in einer einzigen Nacht eine Kirche aus reinem Wachs zu bauen.«

»Das ist kein Kummer, der rechte Kummer kommt noch. Lege dich mit Gott nieder und schlafe, der Morgen ist weiser als der Abend.«

Iwan Zarewitsch legte sich hin und schlief. Wassilissa, die Allweise, trat auf die Freitreppe hinaus und rief mit heller Stimme: »Ihr Immen alle, die ihr auf der weiten Welt lebt, fliegt alle, alle herbei, baut mir die Kirche aus reinem Wachs und seht zu, daß am frühen Morgen alles vollendet ist!«

Bei der Morgenröte wachte Zarewitsch Iwan auf und schaute: Da stand die Kirche aus reinem Wachs. Und er ging zum Zar des Meeres, es ihm zu sagen. »Ich danke dir, Iwan Zarewitsch, so viele Diener ich auch schon gehabt habe, keiner verstand es so wie du. Dafür wirst du mein Erbe sein und des ganzen Reiches Hüter. Wähle dir die schönste von meinen dreizehn Töchtern zur Gemahlin.«

Zarewitsch Iwan erwählte Wassilissa, die Allweise. Und die Hochzeit wurde sogleich gehalten und dauerte drei Tage und drei Nächte lang.

War viel Zeit vergangen, war es wenig nur – Iwan Zarewitsch sehnte sich nach seinen Eltern, und er wollte heim ins heilige Rußland.

»Warum bist du so traurig, Iwan Zarewitsch?«

»Ach, meine weise Wassilissa, ich habe Heimweh nach Vater und Mutter, und es zieht mich fort ins heilige Rußland!«

»Jetzt ist der rechte Kummer gekommen! Wenn wir dahin gehen, ins heilige Rußland, bricht eine furchtbare Verfolgung aus. Der Zar des Meeres in seinem Zorn wird uns töten. Wir müssen klug sein, Iwan Zarewitsch!« Wassilissa, die Allweise, spuckte in drei Ecken und schloß die Türen des Turmes zu. Und sie floh mit Iwan Zarewitsch ins heilige Rußland. Am anderen Morgen, ganz in der Frühe, kamen Boten des Meerzaren, um das junge Paar zu wecken und in das Schloß zu laden. Sie klopften an die Türe: »Wacht auf, der Vater ruft euch!«

»Es ist noch viel zu früh, wir sind noch nicht ausgeschlafen, kommt später«, antwortete die erste Ecke. Die Boten gingen und warteten, warteten eine Stunde, zwei Stunden, dann kamen sie wieder und klopften an: »Es ist Zeit, es ist Zeit zum Aufstehen!«

»Wartet ein bißchen, wir stehen auf und ziehen uns an«, antwortete die zweite Ecke.

Zum dritten Mal kamen die Boten: »Der Zar des Meeres ist zornig, was zögert ihr so lange?«

»Sofort, wir kommen gleich«, antwortete die dritte Ecke. Die Boten warteten und warteten und fingen wieder an zu klopfen – keine Antwort, kein Widerhall. Sie brachen die Türe auf – das Türmchen war leer.

Schnell gingen sie zum Zaren des Meeres und berichteten ihm, daß das junge Paar geflohen sei. Der Zar des Meeres war außer sich vor Zorn und schickte seine Verfolger hinter den beiden her. Aber Wassilissa, die Allweise, und Iwan Zarewitsch waren schon weit – ganz weit. Sie sprengten auf schnellsten Rossen ohne Rast und Ruh nach dem heiligen Rußland.

»Iwan Zarewitsch, steig ab vom Pferde, leg dein Ohr auf die feuchte Mutter Erde, horche, ob der Verfolger naht!« Iwan Zarewitsch sprang vom Pferde herab und legte sein Ohr auf die feuchte Erde: »Ich höre Menschengemurmel und Pferdegetrappel!«

»Man verfolgt uns!« rief Wassilissa, die Allweise, und sogleich verwandelte sie die Pferde in eine grüne Wiese, Iwan Zarewitsch in einen alten Hirten, sich selber aber in ein sanftes Lamm.

Schon sprengte der Troß heran: »Hör, Alter, hast du nicht einen wackeren Jüngling reiten sehen mit einer wunderschönen Jungfrau?«

»Nein, ihr guten Leute, ich habe nichts gesehen. Schon vierzig Jahre hüte ich am selben Platz. Kein Vogel flog vorbei, kein Tier lief vorüber.«

Da kehrten die Verfolger wieder um: »Hoher Zar, wir haben auf dem Weg niemanden gefunden. Wir sahen nur einen alten Hirten, der sein Lämmchen weidete.«

»Das sind sie gewesen, warum habt ihr sie nicht mitgenommen?« schrie der Zar, und er schickte neue Verfolger aus. Aber Iwan Zarewitsch und Wassilissa, die Allweise, sprengten weiter auf ihren schnellen Rossen. »Iwan Zarewitsch, steig ab vom Pferde, lege dein Ohr auf die feuchte Mutter Erde, horche, ob der Verfolger naht!« Iwan Zarewitsch sprang vom Pferde herab und legte sein Ohr auf die feuchte Erde: »Ich höre Menschengemurmel und Pferdegetrappel!«

»Man verfolgt uns!« rief Wassilissa, die Allweise. Sie verwandelte sich selber in eine Kirche und Iwan Zarewitsch in einen ganz alten Popen. Die Pferde aber wurden zu Bäumen.

Schon kamen die Verfolger heran: »Hör, Väterchen, hast du vielleicht einen Hirten mit seinem Lamm gesehen?«

»Nein, ihr guten Leute, ich habe nichts gesehen. Schon vierzig Jahre diene ich in dieser Kirche, kein Vogel flog vorbei, kein Tier lief vorüber.«

Da kehrten die Verfolger wieder um: »Hoher Zar, den Hirten und das Lamm haben wir nicht gefunden. Unterwegs sahen wir nur ein altes Kirchlein und den greisen Popen darin.«

»Warum habt ihr die Kirche nicht zerstört und den Popen mitgenommen? Das waren sie doch!« rief der Zar des Meeres.

Und nun jagte er selber hinter Iwan Zarewitsch und Wassilissa, der Allweisen, her. Iwan Zarewitsch und Wassilissa, die Allweise, waren aber schon weit, ganz, ganz weit. Wieder rief Wassilissa, die Allweise: »Iwan Zarewitsch, steig ab vom Pferde, lege dein Ohr auf die feuchte Mutter Erde, horche, ob der Verfolger naht!« Iwan Zarewitsch sprang vom Pferd herab und legte sein Ohr auf die feuchte Erde: »Ich höre Menschengemurmel und Pferdegetrappel, stärker als zuvor.«

»Da sprengt der Meereszar selbst heran!« Wassilissa, die Allweise, verwandelte die Pferde in einen See. Iwan Zarewitsch wurde ein Enterich, sie selber ein weißes Entlein. Als der Zar des Meeres an den See gekommen war, erkannte er sogleich, wer Entlein und Enterich waren. Er warf sich auf die feuchte Erde und verwandelte sich in einen Habicht. Der Habicht wollte sie töten. Aber was geschah? Um ein Haar hätte er den Enterich getroffen, aber der tauchte schnell unter das Wasser. Jetzt stieß er auf das Entlein herab, aber auch das Entlein tauchte schnell in das Wasser. Wie sich der Zar des Meeres auch mühte, er konnte nichts erreichen, und zornentbrannt sprengte er in sein Zarenreich unter dem Wasser zurück. Wassilissa, die Allweise, und Iwan Zarewitsch warteten, warteten auf die rechte Stunde und ritten ins heilige Rußland. War viel Zeit vergangen, war es wenig nur – endlich erreichten sie das dreimal zehnte Weltreich. »Erwarte mich in diesem Wäldchen«, sagte Iwan Zarewitsch zu Wassilissa, der Allweisen. »Ich will zuerst gehen und mich vor Vater und Mutter verneigen.«

»Du wirst mich vergessen, Iwan Zarewitsch!«

»Nein, ich vergesse dich nicht!«

»Iwan Zarewitsch, sage das nicht; du wirst mich vergessen! Denke an mich wenigstens dann, wenn zwei Täubchen an dein Fenster pochen!«

Iwan Zarewitsch kam zum Schloß. Die Eltern erblickten ihn, warfen sich um seinen Hals, streichelten und küßten ihn. Und vor lauter Freude vergaß Iwan Zarewitsch Wassilissa, die Allweise. Er lebte einen Tag um den andern mit Vater und Mutter.

Am dritten Tag kam es ihm in den Sinn, um irgendeine Zarentochter zu freien.

Wassilissa, die Allweise, aber ging in die Stadt. Sie verdingte sich bei der Opferbrotbäckerin als Magd. Sie fingen an, miteinander die Weihebrote zu backen. Wassilissa, die Allweise, nahm zwei Handvoll Teig, formte daraus ein Paar Täubchen und setzte sie in den Backofen. »Nun errate, Frau, was wird aus diesen Täubchen?«

»Was wird schon sein, wir essen sie auf, das ist alles.«

»Oh, du hast es nicht erraten!« Wassilissa, die Allweise, machte die Ofentüre auf und öffnete schnell das Fenster. In diesem Augenblick hoben die Täubchen ihre Flügelchen, flogen schnurstracks zum Schlosse hin und begannen, ans Fenster zu pochen. Und wie sich auch die Dienerin des Zaren mühte, sie zu verjagen, es gelang ihr nicht. Da sah Iwan Zarewitsch die Täubchen, und auf einmal erinnerte er sich: »Denke an mich, wenigstens dann, wenn zwei Täubchen an dein Fenster pochen!« Überallhin – nach allen Richtungen sandte er Boten aus, zu suchen und zu forschen, und er fand Wassilissa, die Allweise. Iwan Zarewitsch nahm sie an den weißen Händen, küßte ihren süßen Mund, führte sie zum Vater, zur Mutter.

Und sie fingen an, alle miteinander in Eintracht zu leben und zu sein, und sie lebten und mehrten ihr Hab und Gut.

Märchen aus Rußland

Die Königin der Kesselflicker

Es lebte einmal ein König in Connacht. Ein großer König war er. Aber er konnte auch sehr böse werden, wenn es nicht nach seinem Wunsch und Willen ging. Er hatte eine Tochter, Fiona. Der Ruf von ihrer großen Schönheit drang bis in die weite Ferne. In allen Ländern unter der Sonne pries man sie, war sie doch ebenso schön wie klug. Nun geschah es, daß der König über ganz Irland den König von Connacht besuchen kam. Als dieser das Mädchen sah, war er überwältigt von ihrer Schönheit, aber auch davon, daß sie ein gutes Herz hatte. Nun hatte er beschlossen, das Königreich von ganz Irland an seinen Sohn zu übergeben, weil er die ihm noch verbleibenden Jahre ohne die Lasten seines Amtes verbringen wollte. Er wünschte sich für den Prinzen eine Frau, die ganz dazu geschaffen war, Königin von Irland zu werden. Und weil er kein besseres, schöneres und klügeres Mädchen jemals getroffen hatte als eben Fiona, kam er mit ihrem Vater überein, daß sie die Frau seines Sohnes werden sollte. Die Hochzeit sollte an dem Tage stattfinden, an dem der Prinz zum König gekrönt werden würde. Bis dahin waren es noch fünf Wochen.

Der König von Connacht war von Stolz und Freude darüber erfüllt, daß seine Tochter über ganz Irland herrschen sollte. Am nächsten Morgen ließ er seine Tochter rufen. Es waren zugegen der König und die Königin von Irland sowie der ganze Hofstaat. Der König von Irland erhob sich und sprach zu Fiona: »Dir soll die größte Ehre widerfahren. Du bist dazu auserwählt, meinen Sohn zu heiraten und Königin über ganz Irland zu werden.« Ihr Vater, der überglücklich war, sprach: »Meine Tochter, küß dem Mann die Hand, der dir eine solche Ehre erweist!«

Aber alle waren wie vom Donner gerührt, wie vom Blitz getroffen, als Fiona sich erhob und antwortete: »Und wenn Ihr mich zur Königin von Himmel und Erde machtet, so wollte ich doch nie und nimmer einen Mann heiraten, den ich nicht liebe und den ich nicht kenne, und wäre er noch so mächtig und wäre er so schön wie einer der Engel!«

Alle Anwesenden hielten den Atem an. »Du weißt nicht, was du da sagst!« schrie ihr Vater, als er die Sprache wiederfand.

»Ich weiß sehr wohl, was ich sage«, antwortete Fiona, »und kämen auch alle Könige der ganzen Welt, so könnte mich doch keiner zwingen, anders zu sprechen.« Da sprach ihr Vater zornig: »Dann sollst du von nun an nicht mehr unter meinem Dach leben! In einer Woche sollen sich alle heiratswilligen Männer des Landes im Schloßhof versammeln. Ob es dir nun gefällt oder nicht, einen von ihnen wirst du zum Ehemann wählen und mit ihm fortziehen, mir aus den Augen!«

Traurig verabschiedete sich der König von Irland. Aber er hinterließ die Botschaft, wenn die Prinzessin bis zum Tage der Krönung anderen Sinnes werde, so wäre er der glücklichste Mensch unter der Sonne.

Eine Woche später versammelten sich am Morgen alle Ritter und Edelleute, alle Prinzen und Könige von nah und fern im Schloßhof. Jeder schaute zuversichtlich drein, als hätte er allein das Glück, das schönste Mädchen Irlands zu gewinnen. Auch die einfachen Leute aus dem Umkreis von fünfzig Meilen waren hier zusammengekommen, ebenso die Bettler und Vagabunden. Sie alle wollten Fionas Wahl miterleben. Unter den umherziehenden Landstreichern gab es auch eine Schar von Kesselflickern, die lauthals verkündeten, ihr König, Jeremy Donn, der mit dem roten Haar, brauche eine Frau. Auch dieser sei berechtigt, an Fionas Gattenwahl teilzunehmen. Empört über diese Unverschämtheit ergriffen die Wachen die Kesselflicker und schleppten sie vor den König. Der König von Connacht sprach: »Der König der Kesselflicker darf sich zu den Edelleuten stellen, aus denen meine Tochter wählen soll.« Er glaubte, auf diese Weise seine Tochter besonders bestrafen und demütigen zu können. Also reihte sich Jeremy Donn, nachdem er sein Werkzeug abgelegt hatte, unter die Edlen. Sein Gesicht war voller Ruß, sein Rock zerrissen, seine Hosen mit Öl beschmiert.

Man holte Fiona herbei. Sie setzte sich auf einen erhöhten Platz. All die Fürsten, Ritter, Edelleute, Prinzen und Könige zogen an ihr vorbei, und sie sah sie alle sehr genau an. Dann schritt sie hinab, blieb vor Jeremy Donn stehen, reichte ihm die Hand und sprach: »Dies ist der Mann, den ich mir wähle. Hier und heute gibt es keinen schöneren, edleren und stattlicheren als ihn.« Und in der Tat war der Kesselflicker mit seinen kupferroten Locken, den braunen Augen, den breiten Schultern ein Bild von einem Mann. Sein Wuchs war kerzengerade, sein Körper geschmeidig. Trotz Lumpen und Schmutz war er der Schönste. So war es auch nicht verwunderlich, daß Fiona ein Auge auf ihn geworfen hatte und auf keinen anderen.

Ihr könnt euch vorstellen, wie die Menge stöhnte, als sie erfuhr, daß die Tochter des Königs von Connacht einen Kesselflicker zum Mann nehmen wollte, sind doch die Kesselflicker fahrendes Volk. Wenn sie kommen, so ruft jede Hausfrau ihrer Magd zu: »Nimm die Wäsche von der Bleiche!« Die Prinzen und Fürsten schüttelten die Köpfe und wandten sich dann voller Verachtung ab. Sie waren jetzt froh, daß sie diese Frau nicht heiraten mußten, übertraf offenbar ihre Torheit noch ihre Schönheit. Als der König wieder zur Besinnung kam, sprach er zu Fiona: »Wenn du meinst, dies sei ein Scherz, so ist dies der letzte Scherz, den du dir in meiner Gegenwart erlaubst. Ich entziehe dir dein Erbe. Dein seien nur die Kleider, die du auf dem Leibe trägst. Von nun an sollst du mit den Kesselflickern ruhelos durch die Welt ziehen – leb wohl!« Während die Menge sie mitleidig und erschreckt anschaute, hob Fiona das Werkzeug vor des Kesselflickers Füßen auf, nahm ihn bei der Hand und sprach: »Mein Liebster, komm!«

Während sie miteinander fortgingen, fragte Jeremy Donn die Prinzessin: »An welchem Tage wollte der neue König von Irland dich heiraten?«

»An dem Tage, an dem er gekrönt wird, und das ist von heute an in einem Monat«, antwortete sie. »Zwischen heute und jenem Tage«, sprach Jeremy Donn, »wirst du deine Meinung schon noch ändern.« Sie aber blickte zärtlich zu ihm auf und sprach: »Meine Wahl ist getroffen. Ich werde dich immer lieben. Du wirst mich niemals verlieren, es sei denn, ich stürbe oder die Welt ginge unter.«

»Deine Worte sind schön, und doch weißt du nichts von Hunger und Not, nichts vom harten Leben der Kesselflicker«, antwortete Jeremy Donn ernst. »Wenn ich mit dir durch die Welt ziehe«, sprach Fiona, »kann mir weder Hunger und Not noch Unglück etwas anhaben, und auch das Elend kümmert mich nicht, wenn es mir begegnet.« Und Jeremy sprach: »Wir werden jedenfalls nicht vor dem Tag heiraten, an dem der König gekrönt wird. Bis dahin hast du Gelegenheit, dich anders zu entscheiden. So sollst du eine der Unsrigen sein und unser Leben kennenlernen.« Die Kesselflicker reisten nach Osten. Am Ende des ersten Tages waren Fionas Schuhe zerrissen, und ihre zarten Füße hatten Blasen.

»Es ist schmerzhaft, mit den Kesselflickern zu reisen, ich habe es dir gesagt«, sprach Jeremy Donn. »Der Schmerz ist mir willkommen«, sprach Fiona, »jede Blase, die du siehst, ist für mich ein Zeichen der Freude, daß ich mit dir zusammen wandern darf.« Und als sie am nächsten Abend sein Werkzeug von der Schulter nahm, fiel es ihr schwer, den Rücken wieder aufzurichten. »Es ist ein mühevolles Los, mit den Kesselflickern zu reisen und ihres Königs Last zu tragen«, sprach Jeremy Donn.

»Mir macht es Freude«, sprach Fiona, »ich wünschte, ich könnte bis ans Ende der Welt mit dir wandern und alle deine Lasten tragen. Jeder Schmerz an deiner Seite ist für mich ein Vergnügen, jedes Leid eine Lust.« Am dritten Abend hatten Dornen Fionas seidenes Kleid zerfetzt, und ihre Zehen schauten aus den Schuhen. Sie bot ein Bild des Jammers.

»Es ist erbärmlich, mit den Kesselflickern zu reisen«, sprach Jeremy Donn, »zerstochen und zerkratzt wird man von allen Dornen dieser Welt.«

»Für mich ist es schön«, sprach Fiona, »denn ich bin bei dem Mann, den ich von ganzem Herzen liebe. Wenn ich den Schmerz spüre, werde ich daran erinnert, für wen ich da leide.«

Als sie am nächsten Abend haltmachten, taumelte Fiona vor Erschöpfung, denn sie hatten den ganzen Tag nichts gegessen.

»Es ist eine Pein wie im Fegefeuer, mit den Kesselflickern zu reisen«, sprach Jeremy Donn.

»Für mich ist es wie im Paradies«, antwortete Fiona, »und sollte ich Hungers sterben, so wäre es ein schöner Tod an der Seite meines Liebsten.«

Da sprach er: »Bald wirst du der Kesselflicker überdrüssig sein, samt ihres Königs und dich danach sehnen, Königin von Irland zu sein statt Königin der Kesselflicker.«

»Als Königin der Kesselflicker, mit Jeremy Donn als meinem König, möchte ich mit keiner anderen Königin tauschen, und herrschte sie auch über die ganze Welt, selbst den weisen Salomo wünsche ich mir nicht zum Mann.« Die Kesselflicker beeilten sich nun auf ihrem Zug nach Osten, denn sie wollten rechtzeitig zur Krönung des neuen Königs ankommen, gab es doch kein Fest und keinen Jahrmarkt im Land, bei dem sie nicht zugegen waren. Sie kamen zu einem Schloß mit vielen Türmen, dem prächtigsten, das Fiona je gesehen hatte. »Was ist das für ein Schloß?« fragte sie. Man sagte ihr, dies sei das Geschenk an jene Frau, die der König von Irland heiraten werde. »Ja, solch eine Pracht hat sie auch nötig«, sprach Fiona, »muß die Arme doch einen Mann heiraten, den sie nicht kennt und nicht liebt.«

Sie wanderten weiter und trafen auf einen Reiterzug mit fünfhundert Packpferden, fünfhundert Wagenpferden mit Kaleschen, Kutschern, Dienern und Knechten. »Wem gehört all dies?« fragte Fiona. Man sagte ihr: »Das sind die Pferde und Wagen mit ihren Ladungen von Gold, Silber, Perlen und Geschmeide, die bestimmt sind für die Glückliche, die den jungen König von Irland heiraten wird.«

»Möge der Himmel sich dieser armen Frau erbarmen!« rief Fiona, »sie wird all den Reichtum zum Trost brauchen, wird sie doch an einen Mann verheiratet, den sie nicht kennt und nicht liebt.« Sie zogen weiter, bis sie einem großen Trupp von fünfhundert Edelknaben in Grün und fünfhundert jungen Mädchen in Weiß begegneten. Fiona fragte: »Wer sind diese?«

»Es sind die Pagen und Kammerzofen für die Frau des jungen Königs. Er hat eine schöne Frau gefunden, die willens ist, ihn zu heiraten, sofern nicht die Tochter des Königs von Connacht doch noch ihre Meinung ändert.«

»Oh, dieser arme, verblendete Narr«, rief Fiona, »arme Närrin, die unter solchen Bedingungen in eine Ehe einwilligt. All ihre ganzen Reichtümer können ihr keine Stunde jenes Glücks verschaffen, das ich mit Jeremy Donn erlebe.«

»Nun denn«, sprach Jeremy Donn, »morgen werden wir bei der Krönung des jungen Königs dabeisein. Wenn du auch dann noch so denkst, so wird danach unsere Hochzeit sein.« Fiona lachte nur über seine Zweifel. Schließlich kamen sie zu dem prächtigen Schloß des Königs von Irland auf dem Hügel von Tara. Es war der Vorabend des Tages, an dem die Krönung des jungen Königs stattfinden sollte. Ihre eigene Mutter hätte Fiona nicht wiedererkannt, so zerlumpt und abgerissen war sie, so erschöpft und elend sah sie aus.

Alles Volk versammelte sich, um bei den Feierlichkeiten mit dabeizusein. Am Morgen mischten sich die Kesselflicker unter die Menge, die sich vor der Tribüne und den drei Thronen drängte. Sie beanspruchten kühn die besten Plätze für sich. Da wurden die Leute zornig auf die schmutzigen Kesselflicker. Um die Mittagsstunde erschien der alte König mit allen Höflingen und ließ sich auf einem der drei Thronsessel nieder. Die Trompeter traten vor und bliesen einen donnernden Salut. Als ein jeder aufhorchte, verkündete ein Herold mit lauter Stimme: »Wir rufen Fiona, die Tochter des Königs von Connacht! Sofern sie hier ist und uns hören kann, möge sie vortreten und sich auf den Thron zur Linken setzen, um heute noch mit dem jungen König vermählt und zur Königin über unser Irland gekrönt zu werden!«

Jeremy Donn flüsterte Fiona ins Ohr: »Tapferes Mädchen, nun hast du die Gelegenheit, dein Zigeunerleben zu beenden, Hunger und Not zu vergessen und den dir gebührenden Platz auf dem irischen Thron einzunehmen.« Fiona aber antwortete ihm: »Der irische Thron könnte mir nichts bieten im Vergleich dazu, mit Jeremy Donn Kummer und Elend zu teilen.«

Da bliesen die Trompeter wieder und der Herold rief: »Zum zweiten Male rufe ich Fiona, die Tochter des Königs von Connacht. Sofern sie hier ist und uns hören kann, möge sie auf dem linken Thron Platz nehmen, damit sie noch heute mit dem jungen König vermählt und zur Königin über unser Irland gekrönt werden kann!« Jeremy Donn stieß Fiona sacht an. Diese versuchte gerade, einen Riß in ihrem kümmerlichen Gewand zu flicken. Er flüsterte: »Ich flehe dich an, laß diese Gelegenheit nicht vorübergehen. Laß Not und Elend sein und setz dich als Königin auf Irlands Thron!« Sie antwortete fast zornig: »Glaubst du mir denn noch immer nicht, Jeremy Donn? Kummer und Elend mit dir zu teilen ist mir viel lieber als alle Throne der Welt!« Zum dritten Mal bliesen die Trompeter und der Herold rief: »Zum letzten Mal rufe ich Fiona, die Tochter des Königs von Connacht! Wenn sie hier ist und uns hören kann, möge sie heraufkommen, auf dem linken Thronsessel Platz nehmen, damit sie die Frau des Königs von Irland und Irlands Königin wird!«

Währenddessen versuchte Fiona, ein hartes Stück Brot zu beißen, das ein mitleidiger Mensch ihr geschenkt hatte. Jeremy Donn beugte seinen Kopf zu Fionas Wange hin und flüsterte flehend: »Fiona, Liebste, noch einmal beschwöre ich dich, sag Hunger und Not Lebewohl, nimm den Platz ein, der dir gebührt. Werde Irlands schöne Königin!«

Fiona aber antwortete: »Lieber ist mir dieses Stück trockenen Brotes als das herrlichste Mahl. Lieber bin ich die Königin der Kesselflicker an der Seite von Jeremy Donn als die Königin aller Throne der Welt!« Da sprach Jeremy Donn: »Ist es wahr, bist du bereit, Königin der Kesselflicker zu werden, für immer meine Königin, und allem Gold und Ruhm, allen Ehren und Genüssen dieser Welt zu entsagen?«

»Ich bin dazu bereit«, antwortete Fiona, »mein Herz verlangt danach, daß du mich zu deiner Frau und Königin machst, deines Stammes Königin für immer und allezeit.«

»Wenn dem so ist, Fiona, Liebste, lege meine Hand in die deine und sei meine Frau, meine schöne Königin, sei es vor Gott und den Menschen!«

Fiona reichte Jeremy Donn die Hand. Im selben Augenblick verschwamm alles vor ihren Augen. Es vergingen ihr die Sinne. Ihr Herz schlug wild. Sie fühlte nichts als Freude.

Jeremy ergriff ihre Hand und führte sie hinweg, sie wußte nicht, wohin. Aber das war ihr auch gleichgültig. Erst als die lauten Rufe der Menschen die Luft erfüllten, kam sie wieder zu sich. Und als sie um sich schaute, erkannte sie, daß sie auf einem goldenen Thron saß. Und neben ihr, auf einem anderen goldenen Thron, Jeremy Donn. Aber das zerlumpte Gewand des Kesselflickers war verschwunden. Statt dessen trug er ein glänzendes Seidengewand mit goldenen und silbernen Borten. Und auch sie trug ein seidenes Kleid. Ein Bischof im prächtigen Ornat setzte ihr und Jeremy eine goldene Krone aufs Haupt. Unter der Menge, die da jubelte und jauchzte, erkannte sie nun auch die Frauen und Männer der Kesselflicker-Sippe. Auch sie hatten ihre Lumpen abgeworfen und waren in Samt und Seide gekleidet. Sie waren in Wirklichkeit hohe Herren und edle Damen aus dem ganzen Land. Und der König der Kesselflicker, Jeremy Donn, er war der Prinz von Irland! Er hatte sie geprüft, ob sie ihn nur um seiner selbst willen liebte. Nun war er König von Irland und sie seine Königin. Unaufhörlich riefen die Menschen ihnen zu: »Gott segne den tapferen König und die schönste Königin, die Irland jemals sah!« Sie riefen noch andere Schmeicheleien, die man an einem solchen Freudentag ruft, weil sie nicht an die Steuern und Abgaben dachten, die sie dem König schuldeten. Vollkommen glücklich war Fiona an diesem Tage. Natürlich ist es angenehmer, reich und verliebt zu sein als arm und verliebt. Es verging auch später kein Tag, an dem sie nicht glücklich mit ihrem König gewesen wäre, bis an ihr seliges Ende.

Märchen aus Irland

Lady Godiva

In Coventry lebte der strenge und hartherzige Graf Leofric, der für seine Untertanen keine Milde kannte. Um so mehr war seine schöne Gattin, Lady Godiva, wegen ihrer Güte und Tugend beim Volke sehr beliebt. Denn wann immer sie konnte, erleichterte sie dessen hartes Los.

Als einmal die Einwohner von Coventry wieder unter der Last unbarmherziger Steuern zu leiden hatten und ihre Bitten beim Grafen kein Gehör fanden, ging Lady Godiva selbst zu ihrem Gatten, um für das Volk zu bitten. Doch auch sie wurde nur mit harten Worten abgewiesen. Die tapfere, junge Frau gab sich damit nicht zufrieden, sie bedrängte den Grafen so lange, bis er ihr folgende Antwort gab: »Besteige nackt dein Pferd und reite vor dem ganzen Volk über den Markt des Fleckens in seiner ganzen Ausdehnung, wenn du dann zurückkehrst, sollst du bekommen, um was du bittest.«

Diese außergewöhnliche Forderung drohte alle Hoffnung zunichte zu machen. Wie konnte eine junge Frau eine solche Tat vollbringen? Lady Godiva aber wußte Rat: Sie ließ den Einwohnern bei Todesstrafe androhen, sich während ihres Rittes auf der Straße oder an den Fenstern zu zeigen. Außerdem bedeckte sie sich mit ihrem langen schönen Haar, so daß sie wie mit einem Mantel verhüllt war. So ritt sie, von einer Nonne begleitet, durch die Stadt. Dem Grafen blieb nun nichts anderes übrig, als zu seinem Wort zu stehen, das er durch einen Freibrief bestätigte.

Ein Verwegener aber hatte seine Neugier nicht zügeln können und wurde dafür mit dem Tode bestraft. Zur Erinnerung an diese Begebenheit zeigt man noch immer in einem Haus in Coventry das Bild eines Mannes, der zum Fenster hinausschaut.

Englische Sage

Das singende, springende Löweneckerchen

Es war einmal ein Mann, der hatte eine große Reise vor, und beim Abschied fragte er seine drei Töchter, was er ihnen mitbringen sollte. Da wollte die älteste Perlen, die zweite wollte Diamanten, die dritte aber sprach: »Lieber Vater, ich wünsche mir ein singendes, springendes Löweneckerchen (Lerche).« Der Vater sagte: »Ja, wenn ich es kriegen kann, sollst du es haben«, küßte alle drei und zog fort.

Als nun die Zeit kam, daß er wieder auf dem Heimweg war, so hatte er Perlen und Diamanten für die zwei ältesten gekauft, aber das singende, springende Löweneckerchen für die jüngste hatte er umsonst allerorten gesucht, und das tat ihm leid, denn sie war sein liebstes Kind. Da führte ihn der Weg durch einen Wald, und mitten darin war ein prächtiges Schloß, und nahe am Schloß stand ein Baum, ganz oben auf der Spitze des Baumes aber sah er ein Löweneckerchen singen und springen. »Ei, du kommst mir gerade recht«, sagte er ganz vergnügt und rief seinem Diener, er solle hinaufsteigen und das Tierchen fangen. Wie er aber zu dem Baum trat, sprang ein Löwe darunter auf, schüttelte sich und brüllte, daß das Laub an den Bäumen zitterte. »Wer mir mein singendes, springendes Löweneckerchen stehlen will«, rief er, »den fresse ich auf.« Da sagte der Mann: »Ich habe nicht gewußt, daß der Vogel dir gehört; ich will mein Unrecht wiedergutmachen, laß mir nur das Leben.« Der Löwe sprach: »Dich kann nichts retten, nur wenn du mir zu eigen versprichst, was dir daheim zuerst begegnet; willst du das tun, so schenke ich dir das Leben und den Vogel für deine Tochter obendrein.« Der Mann aber weigerte sich und sprach: »Das könnte meine jüngste Tochter sein, die hat mich am liebsten und läuft mir immer entgegen, wenn ich nach Hause komme.« Dem Diener aber war angst und er sagte: »Muß Euch denn gerade Eure Tochter begegnen? Es könnte ja auch eine Katze oder ein Hund sein.« Da ließ sich der Mann überreden, nahm das singende, springende Löweneckerchen und versprach dem Löwen zu eigen, was ihm daheim zuerst begegnen würde.

Wie er daheim anlangte und in sein Haus eintrat, war das erste, was ihm begegnete, niemand anders als seine jüngste Tochter; die kam gelaufen, küßte und herzte ihn, und als sie sah, daß er ein singendes, springendes Löweneckerchen mitgebracht hatte, war sie außer sich vor Freude. Der Vater aber konnte sich nicht freuen, sondern fing an zu weinen und sagte: »Mein liebstes Kind, den kleinen Vogel habe ich teuer erkauft, ich habe dich dafür einem wilden Löwen versprechen müssen, und wenn er dich hat, wird er dich zerreißen und fressen«, und er erzählte ihr alles, wie es zugegangen war, und bat sie, nicht hinzugehen, es möchte auch kommen, was da wollte. Sie tröstete ihn aber und sprach: »Liebster Vater, was Ihr versprochen, muß auch gehalten werden, ich will hingehen und will den Löwen besänftigen, daß ich wieder gesund zu Euch komme.« Am anderen Morgen ließ sie sich den Weg zeigen, nahm Abschied und ging getrost in den Wald hinein. Der Löwe aber war ein verzauberter Königssohn und war bei Tag ein Löwe, und mit ihm wurden alle seine Leute Löwen, in der Nacht aber hatten sie ihre natürliche menschliche Gestalt. Bei ihrer Ankunft ward sie freundlich empfangen und in das Schloß geführt. Als die Nacht kam, war er ein schöner Mann, und die Hochzeit ward mit Pracht gefeiert. Sie lebten vergnügt miteinander, wachten in der Nacht und schliefen am Tag. Zu einer Zeit kam er und sagte: »Morgen ist ein Fest in deines Vaters Haus, weil deine älteste Schwester sich verheiratet, und wenn du Lust hast hinzugehen, so sollen dich meine Löwen hinführen.« Da sagte sie ja, sie möchte gern ihren Vater wiedersehen, fuhr hin und ward von den Löwen begleitet. Da war große Freude, als sie ankam, denn sie hatten alle geglaubt, sie wäre von dem Löwen zerrissen worden und schon lange nicht mehr am Leben. Sie erzählte aber, was sie für einen schönen Mann hätte und wie gut es ihr ginge und blieb bei ihnen, solang die Hochzeit dauerte, dann fuhr sie wieder zurück in den Wald. Wie die zweite Tochter heiratete und sie wieder zur Hochzeit geladen war, sprach sie zum Löwen: »Diesmal will ich nicht allein sein, du mußt mitgehen.« Der Löwe aber sagte, das wäre zu gefährlich für ihn, denn wenn dort der Strahl eines brennenden Lichts ihn berührte, so würde er in eine Taube verwandelt und müßte sieben Jahre lang mit den Tauben fliegen. »Ach«, sagte sie, »geh nur mit mir; ich will dich schon hüten und vor allem Licht bewahren«. Also zogen sie zusammen und nahmen auch ihr kleines Kind mit. Sie ließ dort einen Saal mauern, so stark und dick, daß kein Strahl durchdringen konnte, darin sollte er sitzen, wenn die Hochzeitslichter angesteckt würden. Die Tür aber war von frischem Holz gemacht, das sprang und bekam einen kleinen Ritz, den kein Mensch bemerkte. Nun ward die Hochzeit mit Pracht gefeiert, wie aber der Zug aus der Kirche zurückkam mit den vielen Fackeln und Lichtern an dem Saal vorbei, da fiel ein haarbreiter Strahl auf den Königssohn, und wie dieser Strahl ihn berührt hatte, in dem Augenblick war er auch verwandelt, und als sie hineinkam und ihn suchte, da sah sie ihn nicht, aber es saß da eine weiße Taube. Die Taube sprach zu ihr: »Sieben Jahr muß ich in die Welt fortfliegen; alle sieben Schritte aber will ich einen roten

Blutstropfen und eine weiße Feder fallen lassen, die sollen dir den Weg zeigen, und wenn du der Spur folgst, kannst du mich erlösen.«

Da flog die Taube zur Tür hinaus, und sie folgte ihr nach, und alle sieben Schritte fielen ein rotes Blutströpfchen und ein weißes Federchen herab und zeigten ihr den Weg. So ging sie immerzu in die weite Welt hinein und schaute nicht um sich und ruhte nicht, und waren fast die sieben Jahre herum; da freute sie sich und meinte, sie wären bald erlöst, und war noch so weit davon. Einmal, als sie so fortging, fiel kein Federchen mehr und auch kein rotes Blutströpfchen, und als sie die Augen aufschlug, so war die Taube verschwunden. Und weil sie dachte: »Menschen können dir da nicht helfen«, so stieg sie zur Sonne hinauf und sagte zu ihr: »Du scheinst in alle Ritzen und über alle Spitzen, hast du keine weiße Taube fliegen sehen?«

»Nein«, sagte die Sonne, »ich habe keine gesehen, aber da schenke ich dir ein Kästchen, das mach auf, wenn du in großer Not bist.« Da dankte sie der Sonne und ging weiter, bis es Abend war und der Mond schien, da fragte sie ihn: »Du scheinst ja die ganze Nacht und durch alle Felder und Wälder, hast du keine weiße Taube fliegen sehen?«

»Nein«, sagte der Mond, »ich habe keine gesehen, aber da schenk ich dir ein Ei, das zerbrich, wenn du in großer Not bist.« Da dankte sie dem Mond und ging weiter, bis der Nachtwind herankam und sie anblies, da sprach sie zu ihm: »Du wehst ja über alle Bäume und unter allen Blättern weg, hast du keine weiße Taube fliegen sehen?«

»Nein«, sagte der Nachtwind, »ich habe keine gesehen, aber ich will die drei anderen Winde fragen, die haben sie vielleicht gesehen.« Der Ostwind und der Westwind kamen und hatten nichts gesehen, der Südwind aber sprach: »Die weiße Taube habe ich gesehen, sie ist zum Roten Meer geflogen, da ist sie wieder ein Löwe geworden, denn die sieben Jahre sind herum, und der Löwe steht dort im Kampf mit einem Lindwurm, der Lindwurm ist aber eine verzauberte Königstochter.« Da sagte der Nachtwind zu ihr: »Ich will dir Rat geben, geh zum Roten Meer, am rechten Ufer, da stehen große Ruten, die zähle, und die elfte schneide dir ab und schlage den Lindwurm damit, dann kann ihn der Löwe bezwingen, und beide bekommen auch ihren menschlichen Leib wieder. Hernach schau dich um, und du wirst den Vogel Greif sehen, der am Roten Meer sitzt, schwing dich mit deinem Liebsten auf seinen Rücken, der Vogel wird euch übers Meer nach Haus tragen. Da hast du auch eine Nuß, wenn du mitten über dem Meere bist, laß sie herabfallen, alsbald wird sie aufgehen, und ein großer Nußbaum wird aus dem Wasser hervorwachsen, auf dem sich der Greif ausruht; und könnte er nicht ruhen, so wäre er nicht stark genug, euch hinüberzutragen; und wenn du vergißt, die Nuß herabzuwerfen, so läßt er euch ins Meer fallen.«

Da ging sie hin und fand alles, wie der Nachtwind gesagt hatte. Sie zählte die Ruten am Meer und schnitt die elfte ab, damit schlug sie den Lindwurm, und der Löwe bezwang ihn; alsbald hatten beide ihren menschlichen Leib wieder. Aber wie die Königstochter, die vorher ein Lindwurm gewesen war, vom Zauber frei war, nahm sie den Jüngling in den Arm, setzte sich auf den Vogel Greif und führte ihn mit sich fort. Da stand die arme Weitgewanderte und war wieder verlassen und setzte sich nieder und weinte. Endlich aber ermutigte sie sich und sprach: »Ich will noch so weit gehen, als der Wind weht, und so lange, als der Hahn kräht, bis ich ihn finde.« Und ging fort, lange, lange Wege, bis sie endlich zu dem Schloß kam, wo beide zusammen lebten. Da hörte sie, daß bald ein Fest wäre, wo sie Hochzeit miteinander machen wollten. Sie sprach aber: »Gott hilft mir noch«, und öffnete das Kästchen, das ihr die Sonne gegeben hatte, da lag ein Kleid darin, so glänzend wie die Sonne selber. Da nahm sie es heraus und zog es an und ging hinauf zum Schloß, und alle Leute und die Braut selber sahen sie mit Verwunderung an; und das Kleid gefiel der Braut so gut, daß sie dachte, es könnte ihr Hochzeitskleid geben, und fragte, ob es nicht feil wäre? »Nicht für Geld und Gut«, antwortete sie, »aber für Fleisch und Blut.« Die Braut fragte, was sie damit meinte. Da sagte sie: »Laßt mich eine Nacht in der Kammer schlafen, wo der Bräutigam schläft.« Die Braut wollte nicht und wollte doch gerne das Kleid haben, endlich willigte sie ein, aber der Kammerdiener mußte dem Königssohn einen Schlaftrunk geben. Als es nun Nacht war und der Jüngling schon schlief, ward sie in die Kammer geführt. Da setzte sie sich ans Bett und sagte: »Ich bin dir nachgefolgt sieben Jahre, bin bei Sonne und Mond und bei den vier Winden gewesen und habe nach dir gefragt und habe dir geholfen gegen den Lindwurm, willst du mich denn ganz vergessen?« Der Königssohn aber schlief so fest, daß es ihm nur vorkam, als rausche der Wind draußen in den Tannenbäumen. Wie nun der Morgen anbrach, da ward sie wieder hinausgeführt und mußte das goldene Kleid hingeben. Und als auch das nichts geholfen hatte, ward sie traurig, ging hinaus auf eine Wiese, setzte sich da hin und weinte. Und wie sie so saß, fiel ihr das Ei noch ein, das ihr der Mond gegeben hatte; sie schlug es auf, da kam eine Glucke heraus mit zwölf Kücklein ganz von Gold, die liefen herum und piepten und krochen der Alten wieder unter die Flügel, so daß nichts Schöneres auf der Welt zu sehen war. Da stand sie auf, trieb sie auf der Wiese vor sich her, so lange, bis die Braut aus dem Fenster sah, und da gefielen ihr die kleinen Kücklein so gut, daß sie gleich herabkam und fragte, ob sie nicht feil wären. »Nicht für Geld und Gut, aber für Fleisch und Blut; laß mich noch eine Nacht in der Kammer schlafen, wo der Bräutigam schläft.« Die

Braut sagte: »Ja«, und wollte sie betrügen wie am vorigen Abend. Als aber der Königssohn zu Bett ging, fragte er seinen Kammerdiener, was das Murmeln und Rauschen in der Nacht gewesen sei. Da erzählte der Kammerdiener alles, daß er ihm einen Schlaftrunk hätte geben müssen, weil ein armes Mädchen heimlich in der Kammer geschlafen hätte, und heute nacht sollte er ihm wieder einen geben. Sagte der Königssohn: »Gieß den Trank neben das Bett aus.« Zur Nacht wurde sie wieder hereingeführt, und als sie anfing zu erzählen, wie es ihr traurig ergangen wäre, da erkannte er gleich an der Stimme seine liebe Gemahlin, sprang auf und rief: »Jetzt bin ich erst recht erlöst, mir ist gewesen wie in einem Traum, denn die fremde Königstochter hatte mich bezaubert, daß ich dich vergessen mußte, aber Gott hat noch zu rechter Stunde die Betörung von mir genommen.« Da gingen sie beide in der Nacht heimlich aus dem Schloß, denn sie fürchteten sich vor dem Vater der Königstochter, der ein Zauberer war, und setzten sich auf den Vogel Greif, der trug sie über das Rote Meer, und als sie in der Mitte waren, ließ sie die Nuß fallen. Alsbald wuchs ein großer Nußbaum, darauf ruhte sich der Vogel aus, und dann führte er sie nach Hause, wo sie ihr Kind fanden, das war groß und schön geworden, und sie lebten von nun an vergnügt bis an ihr Ende.

Märchen der Brüder Grimm

Die Prinzessin in der Erdhöhle

Es war einmal in alten, alten Tagen ein König, der hatte eine einzige Tochter. Die junge Prinzessin war schön von Angesicht und von freundlichem Wesen, und sie gewann die Herzen aller, die sie sahen. Als sie nun erwachsen war, fanden sich viele Prinzen, die nach ihrer Hand und ihrer Liebe strebten. Unter ihnen war ein schöner Königssohn von einem anderen Reiche. Dieser sprach oft mit der schönen Jungfrau, und die beiden waren sich so gut, daß sie nicht mehr voneinander lassen wollten.

Nun geschah es aber, daß ein Krieg ausbrach und der Feind mit einem großen Heer einfiel. Da nun der König nicht so mächtig war, ihm Widerstand zu leisten, ließ er eine Erdhöhle mitten im dunklen Wald bauen, um dort seine Tochter während des Krieges zu verbergen. Er versah sie hinlänglich mit Lebensmitteln und gab ihr zur Gesellschaft ein Mädchen, einen Hund und einen Hahn, der ihnen den Wechsel von Tag und Nacht anzeigen sollte. Hierauf rüstete der König sich zum Kampfe, und der junge Prinz war bereit, ihm zu folgen. Als aber die Königskinder sich trennen sollten, fühlten beide in ihren Herzen einen großen Schmerz.

Und die Prinzessin sprach: »Meine Ahnung sagt mir, daß wir uns so bald nicht wieder finden werden. Daher will ich eine Bitte tun, die du mir nicht abschlagen darfst. Du sollst versprechen, daß du dich mit keiner vermählst, die nicht die Flecken aus diesem Handtuch waschen und dieses Goldgewebe zu Ende weben kann.«

Bei diesen Worten reichte sie ihrem Bräutigam ein Handtuch und ein Gewebe, welches kunstvoll mit Gold und Silber durchwirkt war. Der Prinz nahm das Handtuch und das Goldgewebe und sagte, daß er ihre Worte nie vergessen werde. Hierauf schieden sie voneinander. Die Königs- tochter wurde in die Erdhöhle gebracht. Der Prinz aber und der alte König zogen fort, um das Land gegen den Feind zu verteidigen.

Als sich nun die Heere begegneten, entbrannte ein heftiger Kampf. Das Glück war gegen den König. Er fiel im Kampf, und der junge Prinz mußte nach der Niederlage in sein eigenes Land zurückkehren. Hierauf überzog der Feind das ganze Land mit Verheerung und Morden, brannte den Königshof nieder und verwüstete das Land ringsumher. Zuletzt zog er ab, und das Land war kaum besser als eine Wildnis. Niemand aber wußte, wo die Königstochter geblieben, ob sie tot war oder in Feindeshand geraten.

Währenddem saßen die Prinzessin und ihre Gefährtin in der Erdhöhle und webten Goldgewirke auf ihren Knien. So harrten sie, bis der König wieder heimkommen werde. Tag auf Tag aber verging, und noch kam er nicht zurück, um sie aus ihrer Gefangenschaft zu befreien.

Es dauerte sieben volle Jahre, da waren die Nahrungsmittel zu Ende, so daß die Jungfrauen nichts zu leben hatten und gezwungen wurden, ihren Hahn zu schlachten. Von diesem Tage an aber wußten sie nicht mehr die Zeit zu unterscheiden, und so schien ihnen ihr Los noch schwerer als früher. Kurz darauf starb das Mädchen vor Schmerz und Hunger, und die Königstochter war nun in der dunklen Erdhöhle allein. Da wußte sie nicht, was sie in ihrer großen Not tun solle. Zuletzt ergriff sie ein Messer und begann im Dache ohne Unterlaß zu bohren, vom Morgen bis zum Abend. Nach vieler Arbeit gelang es ihr zuletzt, eine Öffnung zustande zu bringen, und sie kam am dritten Tage aus der Erdhöhle hinaus, wo sie so lange gesessen.

Die Königstochter kleidete sich hierauf in das Gewand des Mädchens, rief ihren Hund und begann durch die Wildnis zu wandern. Als sie nun lange gewandert war, ohne jemanden zu treffen, bemerkte sie Rauch, der zwischen den Bäumen aufstieg, und kam zu einem alten Mann, der Kohlen im Walde brannte. Die Prinzessin ging zu dem Köhler hin, bat um ein wenig Speise und sagte, daß sie ihm gerne bei seiner Arbeit behilflich sein wolle. Der Mann gab ihr einen Bissen Brot, und sie half ihm Kohlen brennen. Während sie nun miteinander sprachen, fragte die Jungfrau, was sich Neues im Lande zugetragen. Da erzählte der Greis von dem Tode des Königs und alles, was sich während der letzten Jahre ereignet. Die Königstochter aber wurde sehr betrübt, es fiel ihr schwer aufs Herz, wie der wenig Freunde hat, der viele grüne Gräber zählt.

Nachdem so einige Zeit verflossen und die Kohlen gebrannt waren, sagte der Greis, daß er ihrer Hilfe nicht weiter bedürfe. Er riet der Prinzessin, einen Dienst auf dem Königshof zu suchen, da sie nicht an schwere Arbeit gewöhnt sei. Die Königstochter machte sich nun wieder auf den Weg. Von dieser Wanderung ist nichts bekannt geworden, bis daß sie zu einem großen See gelangte.

Da wußte sie nicht, wie sie über das Wasser hinüberfahren sollte, und setzte sich am Strande nieder und war sehr betrübt. In demselben Augenblicke aber kam ein großer Wolf aus dem Walde gelaufen. Der Wolf sang:

»Gib du mir deinen Hund,
so kommst du über Wogen
und Wasser gesund.«

Nun wurde der Königstochter dabei schlimm zumute, sie wagte aber nicht, das Begehren des Wolfs zu verweigern, sondern gab ihm den Hund. Da sprach der Wolf:

»Wenn du dich auf meinen Rücken setzt,
so sollst du fahren unverletzt.«

Sogleich setzte sich die Prinzessin auf seinen Rücken, und so trug er sie über den See zum anderen Ufer. Am Strande aber war ein schöner Königshof, und dort herrschte der Königssohn, der sich in früheren Tagen mit der Prinzessin verlobt hatte.

Nun muß erzählt werden, daß, während die Prinzessin in der Erdhöhle saß und der König gestorben war, der Prinz Herr des Landes nach seinem Vater wurde. Als die Jahre verstrichen, baten die Hofleute den König, sich nach einer Königin umzusehen. Er wollte aber ihrem Rate nicht Folge leisten, denn er dachte immer an die schöne Jungfrau, mit welcher er in seiner Jugend sich verlobt hatte. Es vergingen sieben volle Jahre, ohne daß man das mindeste von der schönen Königstochter vernahm. Da konnte der junge König nicht länger glauben, daß sie am Leben sei. Er beriet sich daher mit seinen Hofleuten und ließ bekanntmachen, daß die seine Königin werden solle, die das Goldgewebe der Prinzessin vollenden und die Flecken aus seinem Handtuch waschen könne. Als sich diese Botschaft in allen Landen verbreitete, kamen Jungfrauen von Osten und von Westen, denn sie wollten gerne die Frau des schönen Königs werden. Gleichwohl war keine so geschickt, daß sie seine Bedingungen erfüllen konnte. Gerade in diesen Tagen aber war eine vornehme Jungfrau gekommen, die gleichfalls ihr Glück versuchen wollte.

Zu ihr ging nun die Prinzessin, nannte sich Asa und bat um einen Dienst bei ihr. Sie wurde als Dienerin bei der fremden

Jungfrau aufgenommen, aber niemand am Königshof wußte, wer sie eigentlich war.

Die Herrin der Prinzessin sollte nun das Gewebe vollenden. Es erging ihr aber, wie es den anderen ergangen. Sie vermochte nicht, das kunstvolle Gewebe zustande zu bringen. Hierüber grämte sich die Jungfrau sehr. Eines Tages, als sie ausgegangen war, setzte sich die verkleidete Prinzessin an den Webstuhl und webte ein langes Stück. Als die Jungfrau wiederkam und bemerkte, daß das Gewebe fortgeschritten, wurde sie froh und wunderte sich, daß ihr jemand geholfen habe. Die Königstochter wollte anfangs nicht verraten, wie es gekommen, aber zuletzt mußte sie doch die Wahrheit bekennen. Nun freute sich die Jungfrau über die Maßen und hieß die Prinzessin sich setzen, um an dem Gewebe zu weben. Niemand aber wußte, daß es die Dienerin war, die statt ihrer Herrin webte.

Es verbreitete sich nun das Gerücht über den ganzen Königshof, daß die fremde Jungfrau das kunstvolle Gewebe gewoben habe. Da wurde viel von der Hochzeit des Königs gesprochen, und er selbst ging oft zum Frauengemach, um zu sehen, wie es mit der Probe stand. Als aber der König hineinkam, stand das Gewebe immer still, und niemand arbeitete am Webstuhl. Dies kam dem König seltsam vor, und er fragte die fremde Jungfrau, warum sie nie webe, wenn er da war.

Die Jungfrau antwortete listig: »Herr, ich bin allzu schüchtern, um arbeiten zu können, wenn du zusiehst.« Der König gab sich mit dieser Antwort zufrieden, und es dauerte nicht lange, so war das Gewebe fertig.

Die fremde Jungfrau sollte hierauf die Flecken aus dem Handtuch der Prinzessin waschen. Es erging ihr aber so, wie es den anderen ergangen. Je mehr sie wusch, desto dunkler wurde das Tuch. Hierüber grämte sich die Jungfrau sehr und wußte nicht recht, wie sie es anstellen sollte. Da ereignete es sich eines

Tages, daß die verkleidete Prinzessin sich niedersetzte, um das Handtuch zu waschen. Und wie sie die Hand daran legte, wurden die Flecken sogleich schwächer. Als die Jungfrau kam und bemerkte, was geschehen war, da war sie sehr zufrieden und fragte, wer ihr geholfen. Die Königstochter wollte anfangs nicht verraten, wer es sei, aber zuletzt mußte sie doch die Wahrheit bekennen. Nun freute sich die Jungfrau sehr und hieß die Prinzessin das Handtuch waschen. Niemand aber wußte, daß es die Dienerin war, die statt ihrer Herrin wusch.

Es verbreitete sich nun das Gerücht über den ganzen Königshof, daß die fremde Jungfrau die Flecken aus dem Tuch gewaschen. Da wurde viel von der Heirat des Königs gesprochen, und er selbst ging oft in das Frauengemach, um zu sehen, wie es mit der Probe stehe. Aber jedesmal, wenn der König hereinkam, stand die Arbeit immer still, und niemand wusch an dem Tuche. Dies kam ihm seltsam vor, und er fragte, warum die fremde Jungfrau nie wasche, wenn er da sei.

Diese antwortete listig: »Herr, ich kann das Tuch nicht waschen, wenn ich Goldringe am Finger habe.« Der König gab sich mit dieser Antwort zufrieden, und es dauerte nicht lange, so waren die Flecken aus dem Handtuche gewaschen. Die fremde Jungfrau hatte so alle Bedingungen des Königs erfüllt.

Nachdem dies alles eingetroffen, herrschte große Freude über Land und Reich, und es geschahen große Zurüstungen zur Hochzeit des Königs. Am Hochzeitstage aber wurde die Braut plötzlich krank. Sie konnte mit der übrigen Schar nicht zur Kirche reiten. Da sie nun niemand die Ursache von ihrer Krankheit wissen lassen wollte, sprach sie heimlich mit ihrer Dienerin und bat sie, statt ihrer als Braut hinzureiten. Die junge Prinzessin willigte ein. Sie hüllte sich in das Brautgewand, schmückte sich mit den goldenen Ringen und setzte sich auf einen schönen Zelter. Niemand aber wußte, daß es die Dienerin war, die statt ihrer Herrin hinritt. Hierauf begab sich die Hochzeitsschar auf den Weg mit großem Pomp und Spiel und großer Lustbarkeit, wie es in alten Tagen Sitte war. Die Prinzessin aber trauerte im stillen, und ihr Herz war traurig, daß sie als Braut für eine andere mit dem reiten sollte, der in jungen Jahren ihre Treue und Liebe gewonnen.

Als sie ein Stück geritten, kamen sie zu einer Brücke. Es war aber prophezeit worden, daß diese Brücke brechen werde, wenn eine Braut hinüberreiten werde, die nicht von königlicher Abkunft sei. Da sang die Prinzessin:

»Liege, liege, meine Brücke, sollst dich breiten,
über dich zwei edle Königskinder reiten.«

»Was sagst du, meine Verlobte?« fragte der König. »Ah, nichts«, antwortete die Braut, »ich spreche nur mit Asa, meiner Dienerin.«

Sie ritten wieder ein Stück und kamen zum Königshof, wo der Vater der Prinzessin einst gewohnt. Der Hof aber war jetzt verbrannt, und Unkraut wuchs auf den Schutthügeln. Da sang die Prinzessin:

»Wo jetzt die Distel wächst, der Dorn,
lag Gold einst, in der Ecke vorn.
Hier liegen nun das Vieh, das Schwein,
wo ich kredenzte Met und Wein.«

»Was sagst du, meine Verlobte?« fragte der König wieder.

Die Braut antwortete: »Ah, nichts, ich spreche mit Asa, meiner Dienerin.«

Hierauf ritten sie weiter und kamen zu einer schönen Linde. Da sang die Prinzessin:

»Wo hier die alte Linde rauscht,
hab Ringe ich mit ihm getauscht.«

Der König fragte: »Was sagst du, meine Verlobte?« Aber die Braut antwortete wie früher: »Ah, nichts, ich sprach mit Asa, meiner Dienerin.«

Die Hochzeitsschar zog nun weiter. Da kam ein Taubenpaar in der Luft geflogen. Die Braut sang:

»Hier fliegst du mit dem Männchen dein,
am Abend ist er nicht mehr mein.«

»Was sagst du, meine Braut?« fragte der Bräutigam und lauschte auf ihre Worte. »Ah, nichts«, antwortete die Braut, »ich sprach nur mit Asa, meiner Dienerin.« Als sie wieder ein Stück ritten, rief der Kuckuck. Da sang die Prinzessin:

»Der Kuckuck in der schwarzen Fichte singt,
die Braut daheim zur Welt ein Kindlein bringt.«

»Was sagst du, meine Liebste?« fragte der König. Die Prinzessin entgegnete wie früher: »Ah, nichts, ich sprach bloß mit Asa, meiner Dienerin.« Die Brautschar zog nun weiter und kam in den dunklen Wald, wo die Erdhöhle lag. Als sie aber hinritten, ritt der König zu seiner jungen Braut und bat sie, ihm ein Märchen zu erzählen. Da seufzte die Prinzessin schwer und sang:

»Sieben Jahr ich in der Höhle saß,
Märchen und Sagen dort vergaß.
Schlimmes ward mir zuerkannt,
Kohlen auch hab ich gebrannt.
Schlimmes auch hab ich erlitten

und bin auf dem Wolf geritten.
Heute werde ich als Braut
dort für meine Frau getraut.«

»Was sagst du, meine Verlobte?« fragte der König wieder, und es war ihm wunderlich zumute. Die Braut antwortete: »Ah, nichts, ich sprach nur mit Asa, meiner Dienerin.« Sie waren zur Kirche gekommen, wo die Trauung stattfinden sollte. Da sang die Prinzessin:

»Hier bin ich getauft, Maria Asa und Gestirn,
nun heiß ich Asa, meine Dirn.«

Hierauf zog die Hochzeitsschar in die Kirche. Die zwei Brautleute setzten sich in die Brautbank, und die Trauung ging mit großer Feierlichkeit vor sich, wie es sich für ein Königspaar ziemte. Niemand aber ahnte, daß es nicht die fremde Jungfrau war, die dort als Braut des Königs stand.

Als die Brautmesse gelesen war und der König die Ringe mit der Prinzessin gewechselt, nahm er einen Silbergürtel und legte ihn um ihren Leib. Der Gürtel aber hatte ein Schloß, so kunstvoll, daß es niemand als der König selbst öffnen konnte. Hierauf zog die Brautschar zum Königshofe heim, und die Hochzeit wurde mit großer Pracht gefeiert. Die Prinzessin aber eilte in das Frauengemach und tauschte die Kleider mit ihrer Herrin, so daß niemand merkte, daß es die Dienerin war, die anstatt der Jungfrau geritten.

Als die beiden Neuvermählten am Abend allein waren, fragte der König: »Sprich, meine Liebste, was sagtest du, als wir über die Brücke ritten?«

Da wurde die Jungfrau blutrot im Gesicht. Sie wußte nicht, was sie antworten sollte. Sie fand sich aber zurecht und sagte:

»Ich habe es vergessen, aber ich will Asa fragen, meine Dienerin.« Sie ging nun zu der Prinzessin und fragte, was sie unterwegs gesprochen. Hierauf kehrte sie wieder zum Bräutigam zurück und sagte: »Ja, nun erinnere ich mich, ich sagte:

›Liege, liege, meine Brücke, sollst dich breiten,
über dich zwei edle Königskinder reiten.‹«

»Warum sagtest du so?« fragte der König.

Die Braut aber antwortete nicht, sondern schwieg. Als eine Weile verstrichen, fragte der Bräutigam von neuem:

»Sprich, meine Liebste, was sagtest du, als wir zu dem alten Königshof kamen?« Da wurde die Jungfrau sehr verlegen, aber sie sprach schnell: »Ich habe es vergessen, ich will aber Asa, meine Dienerin fragen.« Wieder ging sie hinaus, fragte die Prinzessin, was sie unterwegs gesprochen. Hierauf kehrte sie wieder zu ihrem Bräutigam zurück und sagte:

»Wo jetzt die Distel wächst, der Dorn,
lag Gold einst, in der Ecke vorn.
Hier liegen nun das Vieh, das Schwein,
wo ich kredenzte Met und Wein.«

»Warum sagtest du so?« fragte der König. Aber die Braut schwieg. Wieder fragte der König: »Was sagtest du, als wir zu der Linde kamen?« Die Braut aber konnte nicht auf seine Frage antworten, sondern wollte Asa fragen, ihre Dienerin. Sie kam hierauf zurück und sagte: »Ja, nun erinnere ich mich:

›Wo hier die alte Linde rauscht,
hab Ringe ich mit ihm getauscht.‹«

All dies kam dem König sehr seltsam vor, und er hörte nicht auf, seine Braut zu fragen, was sie unterwegs gesprochen. Immer aber mußte die Jungfrau fortgehen und Asa, ihre Dienerin, fragen. Als nun das Brautpaar zu Bett gehen sollte, fragte der König: »Sag, wo hast du denn den Gürtel, den ich dir gab, als wir aus der Kirche gingen?«

»Was für ein Gürtel?« fragte die Braut, und sie erbleichte. Aber dann sprach sie: »Den gab ich Asa, meiner Dienerin.«

Es wurde nach dem Mädchen geschickt. Und als es herbeikam, siehe, da trug es den Gürtel, und das Schloß war so kunstvoll, daß niemand außer dem König es öffnen konnte. Nun merkte die fremde Jungfrau, daß ihre Falschheit entdeckt war. Sie entfernte sich und zog erzürnt von dem Hofe fort. Der König aber erkannte seine rechte Braut, und die Prinzessin erzählte, was sich während der langen Jahre zugetragen, seit sie sich getrennt. Da herrschte Lust und Freude unter den Gästen, und der König war überglücklich.

Hierauf wurde das Paar in das Brautgemach geleitet, und die Pagen und Mädchen gingen vor ihnen und trugen Wachslichter, wie es bei unseren Vätern Sitte war. Als der König und seine junge Gemahlin zu Bett gegangen, fingen die Hochzeitsscharen die alte Weise zu singen an:

»Lösche das Licht im Kronleuchter aus,
nehme die Braut an dein Herz.«

Und es herrschte Freude in der Stadt und im Land, daß die beiden zusammengekommen, die einander so lange geliebt. Weiter weiß ich nichts mehr davon zu erzählen.

Märchen aus Schweden

Die Klugen und die Listigen

Sehr real und ohne jeglichen Zauber zeigen sich die Klugen und die Listigen. Nur durch ihren eigenen Verstand und Einfallsreichtum weisen sie ihre männlichen Gegenspieler in die Schranken, befreien sich und andere aus mißlichen und bedrohlichen Situationen. Die Heldinnen dieses Kapitels zeichnen sich durch viel Witz, Klugheit und beherzte Tatkraft aus.

Die Geschichte von Sorfarina

Es waren einmal ein König und eine Königin, die hatten einen einzigen Sohn. Damit nun der Knabe alles das lernen sollte, was zu seinem Stande gehörte, schickten sie ihn zu einem Lehrer in die Schule. In dieselbe Schule gingen auch viele andere Kinder, darunter die Tochter eines Kaufmanns, die war schöner als die Sonne und hieß Sorfarina. Von allen Kindern lernte Sorfarina am besten, viel besser als der Königssohn, und der Lehrer war stolz auf sie und hatte sie sehr lieb. Nun begab es sich eines Tages, daß der Lehrer eine Reise machen mußte und gar nicht wußte, wem er während seiner Abwesenheit die Schule überlassen solle. Da er nun so in Gedanken saß, fragte ihn Sorfarina: »Herr Lehrer, was habt Ihr?«

»Ach, Sorfarina, ich muß eine Reise machen und weiß nicht, wem ich die Schule überlassen soll.« – »Überlaßt sie doch mir«, sagte Sorfarina, »so will ich unterdessen die Schüler lehren«.

Der Lehrer war es zufrieden und reiste ab, und Sorfarina hielt die Schule. Wie sie aber eines Tages den Königssohn unterrichtete, wollte er nicht aufmerksam sein; da wurde sie zornig und gab ihm eine Ohrfeige. Der Königssohn antwortete nichts, aber er behielt diese Beleidigung in seinem Herzen.

Viele Jahre vergingen, der Königssohn ging nicht mehr zur Schule, und Sorfarina war ein wunderschönes Mädchen geworden, so schön, daß er in heftiger Liebe zu ihr entbrannte.

Eines Tages kam er zu seinem Vater und sprach: »Lieber Vater, ich habe nun eine Braut gefunden, die mir gefällt; meine Gemahlin soll die schöne Sorfarina sein.« Der König hätte nun freilich lieber gesehen, daß sein Sohn eine Königstochter geheiratet hätte, weil er ihm aber niemals nein sagen konnte, so sprach er: »Nun gut, mein Sohn, wenn du sie willst, so nimm sie.« Also wurde eine prächtige Hochzeit gefeiert, und der Königssohn heiratete die schöne Sorfarina. Als sie aber in ihre Kammer gegangen waren, um sich schlafen zu legen, sprach er: »Sorfarina, denkst du noch daran, wie du mir damals eine Ohrfeige gegeben hast? Sage mir, bereust du es nicht?« – »Nein«, antwortete sie.

»Ich hab's nicht bereut und bereue es nicht,
und braucht es noch eine, die zweite du
kriegst!«

»Was?« rief der Königssohn im höchsten Zorn, »du wagst es, mir so etwas zu sagen? So will ich dich auch nicht in meinem Bett!« Damit stieß er sie aus dem Bett hinaus, und Sorfarina mußte auf dem Boden schlafen. Weil er sie aber so lieb hatte, tat es ihm weh, wenn er sie so auf den kalten Steinen liegen sah, und er sprach zu ihr: »Liebe Sorfarina, bereust du es nicht?« – »Nein«, sprach sie.

»Ich hab's nicht bereut und bereue es nicht,
und braucht es noch eine, die zweite du
kriegst!«

Er mochte bitten und ihr zärtlich zureden, so viel er wollte, sie gab ihm keine andere Antwort, so daß er endlich ganz böse wurde und rief: »Nun gut, so bleibe wo du bist!« Am andern Morgen lief er zu seiner Mutter, der Königin, und erzählte ihr alles und sagte: »Denkt Euch nur, nachdem sie die ganze Nacht auf dem kalten Boden gelegen hat, will sie es doch nicht sagen!«

»Aber, mein Sohn«, antwortete die Königin, »das sind ja längst vergangene Dinge.« – »Nein, Mutter, ich will nun einmal, daß sie es sagen soll.« Nun lief er wieder zu Sorfarina: »Sorfarina, sage mir, bereust du es nicht?«

»Ich hab's nicht bereut und bereue es nicht,
und braucht es noch eine, die zweite du
kriegst!«

»Ach, Sorfarina«, klagte er, »was bist du eigensinnig! Weißt du, daß ich dich in den Brunnen werfen lasse, wenn du es nicht sagst?« – »So laß mich in den Brunnen werfen!« Obgleich er mehrmals am Tage zu ihr hinlief, es war nicht möglich, von ihr eine andere Antwort zu bekommen. Endlich wurde er böse und ließ sie in einen leeren Brunnen werfen, der im Hof war. Alle Augenblicke aber lief er zu dem Brunnen: »Sorfarina, ich bitte dich, sage mir doch, bereust du?« – »Nein«, sagte sie.

»Ich hab's nicht bereut und bereue es nicht,
und braucht es noch eine, die zweite du
kriegst!«

»Weißt du aber auch, daß ich weit weg reise und dich hier im Brunnen lasse?«

»Reise so viel du willst«, antwortete sie, »sage mir nur, ob du zu Land oder zu Wasser reisest.« So vergingen noch mehrere Tage, und Sorfarina wollte sich weder durch Bitten noch durch Drohungen bewegen lassen, zu sagen, daß sie bereue. Als der Königssohn sie so eigensinnig sah, rief er ihr endlich zu: »Lebe wohl! Ich reise nach Rom.«

»Glückliche Reise! Gehst du zu Land oder zu Wasser?«

»Zu Wasser.«

»Gut«, dachte Sorfarina bei sich, »so werde ich zu Land gehen.« Der Königssohn verreiste, und alsobald stieg Sorfarina aus dem Brunnen und reiste zu Land nach Rom. Dort nahm sie ein hübsches Haus, dem Wirtshaus gerade gegenüber, in welchem der Königssohn abgestiegen war. Als er nun eines Morgens zum Fenster herausschaute, sah er sie gegenüber im Balkon stehen und schaute sie ganz verwundert an und dachte: »Ei, wie ist jene Frau so wunderschön! Wenn ich nicht meine Frau Sorfarina im Brunnen gelassen hätte, so würde ich sagen, sie sei es.« Da grüßte er sie und redete sie an, und sie antwortete ihm freundlich. Nach einigen Tagen kam er zu ihr ins Haus, und kurz, sie schlossen eine so innige Freundschaft, daß nach einem Jahr ein schönes Knäblein zur Welt kam, das nannten sie Romano. Er hatte ihr aber erzählt, wie er zu Hause eine wunderschöne, aber eigensinnige Frau habe, die sich nicht dazu bequemen wolle, ihm zu sagen, daß sie die Ohrfeige bereue. »Ach«, hatte Sorfarina gesagt, »verzeihet doch der armen Frau, und nehmet sie aus dem Brunnen heraus.«

»Nein, ich will, daß sie tut, was ich von ihr verlange.«

Als nun das Knäblein einige Monate alt war, sagte eines Tages Sorfarina zum Königssohn: »Geht doch einmal nach Haus und seht nach, ob Eure arme Frau noch im Brunnen sitzt, sie hat sich jetzt vielleicht eines Besseren besonnen.« Da reiste der Königssohn zu Wasser nach Haus, Sorfarina aber ließ ihr Kind bei den Feen, die ihr untenan waren, denn sie konnte zaubern, und reiste auch nach Hause, und als der Königssohn ankam, saß sie schon im Brunnen.

»Nun, Sorfarina«, sprach er, »willst du noch immer eigensinnig sein? Ich bitte dich darum, sage mir doch, daß du es bereuest.« – »Nein«, sprach sie.

»Ich hab's nicht bereut und bereue es nicht,
und braucht es noch eine, die zweite du
kriegst.«

Der Königssohn war ganz verzweifelt, denn er liebte seine Sorfarina so sehr, und nun wollte sie ihm nicht den Willen tun. Da sprach er eines Tages zu ihr: »Sorfarina, wenn du es nicht bereuen willst, so reise ich heute noch nach Neapel ab.« – »Glückliche Reise! Gehst du zu Land oder zu Wasser?« – »Zu Wasser.«

»So werde ich zu Lande gehen«, dachte sie, und kaum war der Königssohn verreist, so stieg sie aus dem Brunnen und reiste auch nach Neapel. Dort nahm sie ein Haus, dem Wirtshaus gegenüber, in dem er wohnte, und als er zum Fenster heraussah, stand auch sie im Balkon, daß er sie verwundert anschaute. »Was ist denn das nur? Wenn ich nicht meine Frau im Brunnen verlassen hätte und die Römerin in Rom, so müßte ich denken, diese schöne Frau sei eine von ihnen.« Er grüßte sie und redete sie an, sie antwortete freundlich, und um es kurz zu sagen, nach einem Jahr hatte der Königssohn wieder ein Knäblein, das nannten sie Napolitano.

Als das Kind einige Monate alt war, sprach Sorfarina zu ihm: »Wollt Ihr nicht einmal nach Hause gehen und sehen, ob Eure Frau sich besonnen hat?« Also reiste der Königssohn nach Haus, aber Sorfarina war schneller als er, und als er an den Brunnen lief, stand seine Frau auch schon darinnen und fragte: »Nun, hast du viel Vergnügen genossen?«

»Ach, Sorfarina, wenn du mir doch den Willen tun wolltest, wie gerne wollte ich bei dir bleiben! Bitte, liebe Sorfarina, sage mir doch, daß du es bereuest!« Sorfarina aber gab immer dieselbe Antwort, er mochte bitten oder drohen, so viel er wollte, so daß er eines Tages zornig wurde und sagte: »Sorfarina, sage es! Sonst reise ich heute noch nach Genua ab!«

»Glückliche Reise!« rief sie spottend, und sobald er verreist war, stieg sie aus dem Brunnen und war zu gleicher Zeit mit ihm in Genua. Dort nahm sie wieder ein Haus dem Wirtshaus gegenüber, in dem ihr Mann wohnte, und das erste, was er sah, als er zum Fenster hinausblickte, war wieder die schöne Frau, die gegenüber im Balkon stand. »Das geht nicht mit rechten Dingen zu!« rief er. »Da ist wieder eine schöne Frau, die meiner lieben Sorfarina gleicht. Wenn ich nicht meine Frau im Brunnen gelassen hätte, und die Römerin in Rom, und die Neapolitanerin in Neapel, müßte ich denken, es sei eine von ihnen.« Nun grüßte er sie, sie dankte; bald schlossen sie Freundschaft, und ehe ein Jahr herum war, kam ein Töchterlein zur Welt, das nannten sie Genova.

Als das Mädchen einige Monate alt war, sprach Sorfarina eines Tages zu ihm: »Wollt Ihr nicht nach Hause reisen, und nach Eurer Frau sehen? Hat sie sich vielleicht besonnen?«

Da reiste der Königssohn nach Hause, aber auch Sorfarina war nicht faul, und als er an den Brunnen kam, stand sie schon darinnen. »Liebe Sorfarina«, bat er, »nun wirst du gewiß nicht mehr eigensinnig sein; sage mir doch, daß du es bereuest.«

»Ich hab's nicht bereut und bereue es nicht,
und braucht es noch eine, die zweite du
kriegst.«

Der Königssohn mochte zum Brunnen laufen, so oft er wollte. Sorfarina gab immer dieselbe Antwort. »Sorfarina!« sagte er endlich, »wenn du mir jetzt nicht den Willen tust, so werde ich eine andere Frau nehmen!« »Nimm sie dir!« antwortete sie.

Da ließ er eine schöne Königstochter kommen, und es sollte eine prächtige Hochzeit gefeiert werden. Der Königssohn konnte aber doch seine geliebte Sorfarina nicht vergessen, lief wieder zu ihr, und bat sie: »Sorfarina, tue es doch mir zuliebe; denn sieh, es ist mein Ernst, daß ich eine andre Frau nehmen will, und heute Abend ist großer Ball im königlichen Schloß.«

»Viel Vergnügen«, antwortete sie, »tu was du willst«.

Am Abend aber wünschte sie sich ihre drei Kinder herbei, und alsbald standen sie vor ihr und waren so fein und schön, daß man keine schöneren Kinder sehen konnte, und trugen prächtige königliche Kleider. Da wünschte sie sich auch die herrlichsten Gewänder und den reichsten Schmuck und viele Dienerinnen, die mußten sie mit wohlriechendem Wasser waschen und sie fein schmücken, und endlich wünschte sie sich auch noch einen goldenen Wagen, mit vier Pferden bespannt, und mit allem, was dazu gehört. Da stieg sie in den Wagen, und ihre drei Kinder mit ihr, und fuhr aufs Schloß.

Als sie ankam und mit ihren drei Kindern in den Saal trat, schauten alle Leute sie voll Bewunderung an, denn sie war die schönste von allen, und es hatte sonst keine so herrliche Gewänder. Der Königssohn aber eilte auf sie zu und wollte mit ihr tanzen. Da rief sie mit heller Stimme: »Romano und Neapolitano, nehmt eure Schwester Genova an die Hand und tanzt mit ihr.« Als der Königssohn diese Namen hörte, blieb er wie erstarrt stehen, und da er sie ansah, erkannte er sie auf einmal und rief: »Ach! Sorfarina! Du bist es? Und du warst auch die Römerin, die Neapolitanerin und die Genueserin?« – »Jawohl, ich war es«, antwortete sie, »so vertriebst du dir also die Zeit, während du deine Frau im Brunnen ließest?« und gab ihm vor der ganzen Gesellschaft eine Ohrfeige.

Nun denkt euch, wie gekränkt der Königssohn war, als sie ihn vor der ganzen Gesellschaft so behandelte, doch konnte er nicht anders, als sie um Verzeihung bitten, und als er gar seine Kinder sah, umarmte er sie voll Freude, und sprach zu Sorfarina: »Nun sollst du auch meine liebe Gemahlin bleiben.« Also mußte die fremde Königstochter nach Hause zurückkehren, und der Königssohn nahm Sorfarina als seine Gemahlin wieder zu Ehren an. Sie war aber klug und dachte immer: »Wer weiß, ob er mir wirklich verziehen hat.«

Als sie nun zuerst in ihre Kammer gegangen war, machte sie sich eine schöne Puppe aus Zucker und Honig, ganz in ihrer Größe, die hatte am Halse ein Strickchen, und wenn sie daran zog, nickte sie mit dem Kopf. Diese Puppe legte sie in ihr Bett, sie selbst aber legte sich unter das Bett und nahm das Strickchen in die Hand. Es dauerte nicht lange, so kam der Königssohn auch in die Kammer und trat ans Bett und fragte sie: »Nun, Sorfarina, bereust du noch immer nicht?« Da zog Sorfarina an dem Strickchen, daß die Puppe den Kopf schüttelte, als ob sie »nein« gesagt hätte. »Was«? rief er, »auch jetzt bist du noch so eigensinnig?« und wurde so zornig, daß er sein Schwert zog und der Puppe den Kopf abschnitt. Als er aber das Schwert durch den Mund zog, um es abzuwischen, schmeckte das Blut so süß, daß er ganz traurig wurde, und rief: »Ach, so süß war dein Blut, herzliebste Sorfarina, und ich habe dich umgebracht! So will ich auch nicht länger leben!« und wollte sich das Schwert in die Brust stoßen. Da sprang aber Sorfarina hinter dem Bett hervor, fiel ihm in die Arme und rief: »Halt ein! Ich bin ja noch am Leben, und die Puppe aus Honig und Zucker wollen wir als Mann und Frau verzehren.« Da umarmte er seine liebe Frau voll Freude und sprach: »So hast du mich bis hierher angeführt; nun, ich verzeihe dir alles.«

»Und ich will dir auch sagen, daß ich es bereue, dir die Ohrfeige gegeben zu haben«, rief sie. Da wurde die Freude erst recht groß, und sie blieben glücklich und zufrieden mit ihren Kindern; wir aber sind hier sitzen geblieben.

Märchen aus Sizilien

Die kluge Bauerntochter

Es war einmal ein junger König, der ging auf die Jagd. Als es Abend wurde, sah er, daß er von seinem Gefolge getrennt war und nur sein Läufer noch bei ihm war. Es wurde Nacht, und in dem dichten Wald konnten sie den Heimweg nicht mehr finden. So irrten sie mehrere Stunden lang umher, endlich sahen sie in der Ferne ein Licht. Als sie näher kamen, bemerkten sie, daß es ein Häuschen war; da schickte der König seinen Läufer hin und hieß ihn die Leute wecken. Also klopfte der Läufer an der Tür, und bald erschien der Bauer, der darin wohnte, und fragte: »Wer klopft da zu so später Stunde?« Da antwortete der Läufer: »Seine Majestät der König steht hier draußen und kann den Weg nicht finden; wollt ihr ihm ein Obdach und ein Abendessen geben?« Da öffnete der Bauer die Tür, weckte seine Frau und seine Tochter und ließ sie ein Huhn schlachten und zubereiten. Als nun das Abendessen fertig war, baten sie den König mit dem Wenigen fürliebzunehmen, was sie ihm bieten könnten. Der König nahm das Huhn und zerlegte es; dem Vater gab er den Kopf, der Mutter die Brust, der Tochter die Flügel, für sich behielt er die Schenkel, und dem Läufer gab er die Füße. Darauf legten sie sich alle zu Bett. Die Mutter aber sprach zu ihrer Tochter: »Warum hat der König das Huhn wohl so eigentümlich verteilt?« Sie antwortete: »Es ist ja ganz klar; dem Vater gab er den Kopf, weil er das Haupt der Familie ist; Euch gab er die Brust, weil Ihr ein altes Mütterchen seid; mir gab er die Flügel, weil ich doch einmal von Euch fortfliegen werde; für sich behielt er die Schenkel, weil er ein Reiter ist, und seinem Läufer gab er die Füße, damit er schneller laufen kann.«

Den Morgen setzten sie dem König ein Frühstück vor und wiesen ihm den richtigen Weg. Als der König in seinem Schloß angekommen war, nahm er einen schönen gebratenen Hahn, einen Kuchen, ein Fäßchen Wein und zwölf Tarimünzen, rief einen Läufer und befahl, alles zu dem Bauern zu tragen, mit der Versicherung seiner Gnade.

Der Weg war weit, und der Läufer war müde und fing bald an hungrig zu werden. Zuletzt konnte er seinem Verlangen nicht widerstehen, schnitt den halben Hahn ab und verzehrte ihn. Nach einer Weile wurde er durstig und trank auch die Hälfte vom Wein. Als er nun weiterging und den Kuchen anschaute, dachte er: »Der ist gewiß gut!« und aß die Hälfte von dem Kuchen. Nun dachte er: »Warum sollte ich auf halbem Weg stehenbleiben? Ich muß doch alles gleich machen«, und nahm auch noch sechs Tari von den zwölfen.

So kam er endlich zum Bauern, lieferte ihm den halben Hahn, den halben Kuchen, das halbe Fäßchen Wein und die halben der Tari aus. Der Bauer und seine Familie waren hocherfreut über die Ehre, die ihnen der König antat und trugen dem Läufer auf, dem König ihren Dank auszusprechen.

Die Tochter, da sie sah, daß alles nur zur Hälfte vorhanden war, sagte dem Läufer, sie wolle ihm noch eine Botschaft an den König mitgeben, er müsse sie aber Wort für Wort wiedersagen. Der Läufer versprach es, und sie begann: »Zuerst mußt du dem König sagen: Der in der Nacht wohl singet, mein Gott, warum nur halb? Kannst du das behalten?«

»O ja!« sprach der Läufer. »Dann mußt du ihm noch sagen: Der Mond im zweiten Viertel, mein Gott, warum denn halb?

Kannst du das behalten?« – »O gewiß!« antwortete der Läufer. »Dann mußt du ihm auch sagen: Es war oben zu und unten zu, mein Gott, warum denn halb? Wirst du das nicht vergessen?«

»Gewiß nicht!« sagte der Läufer. »Schließlich mußt du ihm sagen: Das Jahr hat doch zwölf Monate, mein Gott, warum denn sechs?« Der Läufer versprach, alles richtig zu sagen, und machte sich auf den Weg, indem er die Worte wiederholte, um sie ja nicht zu vergessen. Als er zum König kam, fragte ihn dieser: »Hast du alles richtig abgeliefert?«

»Jawohl, Eure Majestät«, antwortete der Läufer. »Ich soll Euch auch eine Botschaft bringen von der Tochter des Bauern. Erst hat sie gesagt: ›Der in der Nacht wohl singet, mein Gott, warum denn halb ?‹« – »Was?« rief der König. »Solltest du den halben Hahn gegessen haben?«

»Ach Majestät«, sprach der Läufer, »hört doch erst meine Botschaft an. Dann hat sie gesagt: ›Der Mond im zweiten Viertel, mein Gott, warum denn halb?‹« – »Was?« schrie der König. »So hast du auch den halben Kuchen gegessen?« – »Ach Majestät!« sprach der Läufer, »laßt mich erst ausreden. Dann hat sie gesagt: ›Es war oben zu und unten zu, mein Gott, warum denn halb?‹«

»Was?« schrie der König. »Hast du auch das halbe Faß Wein ausgetrunken?«

»Ach, Majestät!« rief der Läufer, »laßt mich erst meine Botschaft zu Ende sagen. Endlich hat sie gesagt: ›Das Jahr hat doch zwölf Monate, mein Gott, warum denn sechs?‹«

»Also hast du auch noch die Hälfte der Münzen gestohlen!« rief der König. Da fiel der Läufer auf die Knie, und er bat den König um Verzeihung. Und der König war so erfreut über die Klugheit des Mädchens, daß er dem Läufer verzieh. Dem

Mädchen aber schickte er einen schönen Wagen mit schönen Kleidern und nahm sie zu seiner Frau.

Diese blieben glücklich und zufrieden,
wir nur zogen lediglich die Nieten.

Sizilianisches Märchen

Halewyn

Einst trieb der böse Halewyn in den Wäldern, in den Ebenen sein Unwesen. Er vermochte so wunderbar zu singen, daß eine jede Jungfrau, die seinen Gesang vernahm, ihm unweigerlich folgen mußte, wohin er auch ging. Hatte er eine in solcher Weise angelockt, so hob er sie hinter sich auf sein Roß, den Schild an den Sattel gehängt, und ritt in wildem Galopp mit ihr in den dunklen Wald. Keine dieser Jungfrauen kehrte jemals wieder.

Da vernahm eines Tages Magteld, die Tochter eines Fürsten, die Kunde vom bösen Halewyn. Magteld war schön und kühn. Sie beschloß, den Unhold zu suchen und ihre Schwestern an ihm zu rächen. Und sie trat vor ihren Vater und sprach: »Lieber Vater, laß mich zu Halewyn gehn!«

»Nein, meine liebe Tochter, die dahin gehen, kehren nicht wieder!«

Da trat Magteld vor ihre Mutter und sprach: »Liebe Mutter, laß mich zu Halewyn gehn!«

»Nein, meine liebe Tochter, die dahin gehen, kehren nicht wieder!«

Als sie aber vor ihren Bruder trat und sprach: »Lieber Bruder, laß mich zu Halewyn gehn!«, da antwortete dieser: »Geh, meine liebe Schwester, geh. Doch bewahre deine Ehre und trage deine Krone mit Würde.« Da kleidete und schmückte sich Magteld, als ginge sie zu einem Feste. Sie trug ein seidenes Kleid und einen mit Perlen besetzten Umhang. Auf dem Haupte aber saß eine goldene Krone. Sie ging sodann in ihres Vaters Stall und zäumte und sattelte das schnellste Roß. Rittlings setzte sie sich darauf wie ein Mann, singend und klingend ritt sie durch den Wald.

Tief im Innern des Waldes begegnete ihr Halewyn und sprach: »Sei gegrüßt, schöne Jungfrau mit den klaren braunen Augen und dem goldenen Haar!« Er wandte sein Roß und ritt mit ihr zusammen weiter. Als sie an einer Haselstaude vorüberkamen, rief eine weiße Taube: »Kehr um, schöne Jungfrau, kehr um!« Magteld aber ritt weiter ohne Angst. Endlich gelangten sie zu einer Quelle. Der Boden darum war dunkel von Blut. Dort sprang Halewyn vom Roß und breitete seinen Mantel im Grase aus. Er bat die schöne Magteld, sich zu ihm zu setzen. Sie tat es. Aber als sie die Augen hob, sah sie im Wipfel einer finsteren Tanne elf tote Jungfrauen hängen. Halewyn sprach: »Bald sollst du die zwölfte sein!« Er blickte ihr ins Angesicht, um zu sehen, ob sie weinte, wie es die anderen getan. Magtelds Blick aber war ruhig, und ihre Augen blieben klar. Da sprach er zu ihr: »Da du die schönste und kühnste Maid von allen bist, so sollst du selbst deinen Tod wählen. Sage, willst du oben am Tannenbaum hängen oder im kühlen Wasserstrom fließen, oder willst du das blanke Schwert küssen?«

»So wähle ich das blanke Schwert, wie es meinem Haupte gebührt!«

Da erhob sich Halewyn und zog sein Schwert. Magteld aber stand vor ihm und sprach: »Lege dein Oberkleid ab, auf daß es nicht verdirbt, denn Jungfrauenblut spritzt gar weit.«

Er folgte ihrem Geheiß, wandte sich um, um das Kleid abzustreifen, und legte sein Schwert neben sich. Magteld aber ergriff es und siehe, noch ehe er das Kleid vom Leibe hatte, lag sein Haupt vor ihren Füßen. Da fing das Haupt an zu sprechen:

»Geh unter den Tannenbaum, daran die Jungfrauen hängen. Dort steht ein Topf mit Salbe, die streich mir an den Hals!«

»Das tu ich nicht! Des Mörders Haupt mag liegenbleiben, wo es liegt.«

»So nimm das Horn, das hinten an meinem Sattel hängt, und blase hinein!«

»Das tu ich nicht, sonst laufen mir andere Mörder nach!« Sie ergriff das Haupt Halewyns bei den Haaren und wusch es im Brunnquell. Das Haupt und das Schwert nahm sie mit sich. Und sie ritt davon, rittlings auf dem Sattel sitzend wie ein Mann. Singend und klingend zog sie durch den Wald.

Auf halbem Wege begegnete ihr Halewyns Mutter und die fragte: »Schöne Jungfrau, hast du nicht meinen Sohn gesehen?«

»Euer Sohn Halewyn ging auf die Jagd. Aber er wird nie wieder jagen gehen! Euer Sohn, Halewyn, ist tot. Ich trage sein Haupt in meinem Schoß, rot von seinem Blut ist mein Gewand.«

Und Magteld zog das Schwert und bedrohte die Alte, so daß diese eilends floh.

Singend und klingend ritt Magteld weiter, und sie ritt vor ihres Vaters Tor. Sie stieß in das Horn wie ein Held. Da eilten ihr Vater und Mutter, Bruder und Schwester jubelnd entgegen, und jubelnd grüßte sie das Volk. Zu Mahl und Gelage wurden alle Edlen des Landes geladen. Mitten auf der Tafel aber stand Halewyns Haupt.

Sage aus Flandern

Mister Fox

Lady Mary war jung, und Lady Mary war schön. Sie hatte zwei Brüder, und Verehrer hatte sie mehr, als sie zählen konnte. Aber der tapferste und ritterlichste unter ihnen allen war ein Mister Fox, den hatte sie getroffen, als sie drunten im Landhaus ihres Vaters gewesen war. Niemand wußte, wer Mister Fox war; aber er war gewiß mutig und sicherlich reich, und von all ihren Verehrern mochte Lady Mary nur ihn allein. Schließlich kamen sie überein, daß sie heiraten wollten. Lady Mary fragte Mister Fox, wo sie leben würden, und er beschrieb ihr sein Schloß und wo es sich befände. Aber so seltsam es auch klingen mag, er forderte weder sie noch ihre Brüder auf, zu kommen und es anzusehen.

Eines Tages nun, kurz vor dem Hochzeitstag, als ihre Brüder ausgegangen waren und Mister Fox für ein oder zwei Tage in Geschäften unterwegs war, wie er sagte, machte sich Lady Mary auf den Weg nach dem Schloß von Mister Fox. Und nach langem Suchen kam sie auch endlich hin und fand ein schönes, wehrhaftes Schloß vor, mit hohen Mauern und von einem tiefen Burggraben umgeben. Als sie nun zum Brückentor kam, sah sie, daß darüber geschrieben stand:

Hab Mut, hab Mut.

Und da das Tor offen war, ging sie hindurch, sie traf jedoch keine Menschenseele an. So ging sie den Torweg weiter und fand über dem Eingang geschrieben:

Hab Mut, hab Mut,
doch zuviel ist nicht gut.

Sie ging weiter, bis sie in die Halle kam. Und weiter ging sie die breite Treppe hinauf, bis sie in der Galerie zu einer Tür kam, über der geschrieben stand:

Hab Mut, hab Mut,
doch zuviel ist nicht gut,
sonst könnt' dir im Herzen
gerinnen das Blut.

Aber Lady Mary war wirklich ein tapferes Mädchen. Sie öffnete die Tür, und was meint ihr, was sie da sah? Nun, nichts anderes als die Leichen und Gerippe von schönen jungen Ladies, und alle waren sie über und über mit Blut befleckt. Lady Mary fand, es sei nun höchste Zeit, sich von diesem Schreckensort auf und davon zu machen. Sie schloß die Tür, ging durch die Galerie, und gerade wollte sie die Treppe hinuntergehen und durch die Halle hinaus, da sah sie durch das Fenster keinen anderen als Mister Fox, und der schleppte eine junge und schöne Lady den Torweg entlang. Lady Mary eilte die Treppe hinunter, und sie konnte sich gerade noch rechtzeitig hinter einem großen Faß verbergen, als Mister Fox auch schon hereinkam mit der Ohnmächtigen. Gerade als er in die Nähe von Lady Mary kam, sah Mister Fox einen glitzernden Diamantring am Finger der jungen Lady, die er da schleppte, und er versuchte nun ihn abzuziehen. Der Ring aber saß zu fest, und es wollte Mister Fox nicht gelingen, ihn vom Finger abzustreifen. Da stieß er die übelsten Flüche aus und zog sein Schwert, erhob es, schwang es auf die Hand der ärmsten Lady und schlug ihr damit die Hand ab. Sie wurde hoch durch die Luft geschleudert und fiel ausgerechnet in Lady Marys Schoß. Mister

Fox schaute sich um, aber es fiel ihm nicht ein, auch hinter dem Faß zu suchen, und schließlich ging er weiter und schleppte die junge Lady die Treppe hinauf in die Schreckenskammer. Sobald Lady Mary ihn durch die Galerie gehen hörte, schlüpfte sie zur Tür hinaus, lief durch das Brückentor und rannte nach Hause, so schnell sie nur konnte. Nun begab es sich aber, daß schon am nächsten Tag der Ehevertrag zwischen Lady Mary und Mister Fox unterzeichnet werden sollte, und zuvor sollte es ein prächtiges Frühstück geben. Als nun Mister Fox an der Tafel Lady Mary gegenübersaß, sah er sie an: »Wie blaß Ihr heute morgen seid, meine Teure.«

»Ja«, sagte sie, »ich habe in der letzten Nacht schlecht geschlafen und hatte entsetzliche Träume.«

»Träume sind Schäume«, sagte Mister Fox, »aber erzählt uns Euren Traum. Eure liebliche Stimme wird uns die Zeit vertreiben, bis die Stunde unseres Glücks da ist.«

»Ich träumte«, sagte Lady Mary, »daß ich gestern morgen zu Eurem Schloß ging. Und ich fand es in den Wäldern. Es hatte hohe Mauern und einen tiefen Graben, und über dem Brückentor stand geschrieben: ›Hab Mut, hab Mut.‹«

»Aber das ist nicht so, noch war es jemals so«, sagte Mister Fox.

»Und als ich zum Eingangstor kam, war darübergeschrieben:

›Hab Mut, hab Mut,
doch zuviel ist nicht gut.‹«

»Aber das ist nicht so, noch war es jemals so«, sagte Mister Fox.

»Und dann ging ich die Treppe hinauf und kam zu einer Galerie. An ihrem Ende war eine Tür und darüber stand:

›Hab Mut, hab Mut,
doch zuviel ist nicht gut,
sonst könnt' dir im Herzen
gerinnen das Blut.‹«

»Aber das ist nicht so, noch war es jemals so«, sagte Mister Fox. »Und dann öffnete ich die Tür, und ich fand den Raum voller Leichen und Gerippe von armen toten Frauen, und alle waren sie über und über mit Blut befleckt.«

»Aber das ist nicht so, noch war es jemals so. Und Gott behüte, es wäre so«, sagte Mister Fox. »Und ich träumte weiter, daß ich die Galerie entlangeilte, und gerade als ich die Treppe hinuntergehen wollte, sah ich Euch, Mister Fox, zur Halle hereinkommen und eine junge Lady, schön und reich, hinter Euch herschleppen.«

»Aber das ist nicht so, noch war es jemals so. Und Gott behüte, es wäre so«, sagte Mister Fox. »Ich eilte die Treppe hinunter und konnte mich gerade noch rechtzeitig hinter einem großen Faß verbergen, als auch schon Ihr, Mister Fox, hereinkamt und die junge Lady daherschlepptet. Und als Ihr, Mister Fox, an mir vorbeigingt, sah ich, wie Ihr versuchtet, ihren Diamantring abzuziehen. Und in meinem Traum, Mister Fox, da schien es mir, es wollte Euch nicht gelingen, und da zogt Ihr Euer Schwert und hacktet der armen Lady die Hand ab, um den Ring zu bekommen.«

»Aber das ist nicht so, noch war es jemals so. Und Gott behüte, es wäre so«, sagte Mister Fox. Und er wollte gerade noch etwas anderes sagen und erhob sich, aber da rief Lady Mary: »Aber das ist so und das war so. Hier ist die Hand und der Ring – ich habe sie noch und kann sie Euch zum Beweis zeigen«, und sie zog die Hand aus ihrem Gewand und richtete sie auf Mister Fox.

Und sogleich zogen ihre Brüder und ihre Verehrer die Schwerter und schlugen Mister Fox in tausend Stücke.

Englisches Märchen

Das kluge Mädchen wird Zarin

Einmal gab ein Zar den Befehl: Wer den und den Stein schlachtet, daß das Blut davon fließt, den will ich zum Ersten meines Reiches machen.

Von allen Seiten kamen Burschen herbei, aber keiner konnte den Stein schlachten; sie fanden es nur wunderlich, wie man überhaupt einen Stein schlachten könne. In einem Dorfe gab es ein sehr wackeres Mädchen, sie hütete die Schafe. Als sie davon hörte, verkleidete sie sich als Mann, ging zum Zaren und sagte zu ihm: »O Zar, ich kann den Stein schlachten.« Überall hin ging das Gerücht, es habe sich ein Mensch gefunden, den Stein zu schlachten, und zahllose Leute sammelten sich, um zu sehen, wie der das machen wird.

Als der Tag kam, an dem das Mädchen den Stein schlachten sollte, zogen der Zar und alle Vornehmen aus der Stadt auf einen freien Platz, und dort vor aller Augen sollte das Mädchen ihn schlachten. Das Mädchen zog das Messer, um den Stein zu schlachten, wandte sich zum Zaren und sagte: »Zar, du willst doch, daß ich den Stein schlachten soll. So gib ihm vorher eine Seele (Leben), und wenn ich ihn dann nicht schlachte, nimm meinen Kopf.« Der Zar wunderte sich über diese Antwort und sagte: »Du bist der Klügste in meinem Reiche, und ich will dich zum vornehmsten Manne machen; wenn du mir aber noch das vollbringst, was ich dir sagen werde, so sollst du mir wie ein Sohn sein.« Das Mädchen sprach: »Sage, Zar, was du sagen willst, und wenn es möglich ist, will ich mich bemühen, es zu vollbringen.« Der Zar sagte ihr: »Von jetzt an in drei Tagen sollst du wieder vom Dorfe hierher kommen. Wenn du kommst, sollst du reiten und nicht reiten, sollst mir ein Geschenk bringen und nicht bringen; alle, groß und klein, wollen wir herauskommen und dich empfangen, und du sollst die Leute dahin bringen, daß sie dich empfangen und nicht empfangen.«

Die Hirtin ging nun in ihr Dorf und gab den Bauern den Auftrag, drei, vier Hasen und zwei Tauben lebendig zu fangen. Die Bauern taten das. Am dritten Tag, als sie zu dem Zaren gehen sollte, steckte sie die Hasen je einen in einen Sack, gab sie den Bauern zu tragen und sagte: »Wenn ich euch sage, ihr sollt sie loslassen, dann laßt sie los.« Sie selbst nahm die beiden Tauben, setzte sich rittlings auf eine Ziege und machte sich auf zu dem Zaren; einige Leute hatte sie vorausgeschickt, ihm anzuzeigen, daß sie komme.

Als der Zar das hörte, zog er aus der Stadt, sie zu empfangen mit allen Vornehmen. Als nun das Mädchen nicht mehr weit von dem Zaren war, sah sie die Menge Menschen, die herausgekommen war, sie zu empfangen, und als sie ihnen nahekam, befahl sie den Bauern, vor den Augen der Leute die Hasen loszulassen. Sobald die das sahen, rannten sie fort, die Hasen zu fangen. Die Hirtin, die rittlings auf der Ziege saß, ging bald zu Fuß, die Ziege zwischen den Beinen, bald hob sie die Füße auf und ritt auf der Ziege. Als sie zu dem Zaren hintrat, zog sie die beiden Tauben aus dem Busen und reichte sie ihm hin. In dem Augenblick, wo er die Hand ausstreckte, die Tauben zu nehmen, ließ sie sie aus der Hand, und die Tauben flogen weg.

Da sagte die Hirtin zu dem Zaren: »Du siehst, Zar, die Leute haben mich empfangen und nicht empfangen; ich bin geritten und nicht geritten; ich habe dir ein Geschenk gebracht und nicht gebracht.« Da sagte ihr der Zar: »Von heute an sollst du mir wie ein Sohn sein.« Sie aber flüsterte ihm ins Ohr: »Ich bin kein Bursche, ich bin ein Mädchen.« Der Zar, der noch nicht verheiratet war, nahm sie zur Frau. Und so wurde die Hirtin durch ihre Klugheit Zarin.

Märchen aus Bulgarien

Kämpferinnen und Herrscherinnen

Die Märchen dieses Kapitels dürften von ihrer Grundstruktur zu den ältesten Märchen gehören; ihre Wurzeln verweisen auf das Matriarchat. Dabei ist die Amazone in ihrer Männerfeindlichkeit keine reine Vertreterin des Mutterrechts, denn Mutterrecht bedeutet keineswegs Entrechtung oder Versklavung des Mannes.

Anait

Der Zar Watsche hatte einen einzigen Sohn, Watschagen geheißen. Watschagen war jung und schön, aber immer stand er traurig im Garten oder saß untätig am Fenster und sah in die Welt hinaus. Das Herz war ihm schwer. Seine Eltern drangen in ihn: »Was bedrückt dich?« fragten sie ihn. »Willst du es nicht deinen Eltern sagen? Sage es ihnen, mein Söhnchen!« Da antwortete Watschagen: »Laßt mich ins Dorf Atzig, an den Rand der Wüste ziehen, um Anait zu sehen.« Der Zar und die Zarin erzürnten ob dieser Antwort. »Was willst du von dieser Bauerntochter, du kannst unter Fürstentöchtern deine Frau auswählen, und du mußt bald heiraten. Die Gesetze des Landes verlangen es so.«

Aber Watschagen wollte keine Fürstentochter, sondern er beschloß, heimlich das Elternhaus zu verlassen und Anait aufzusuchen, von der er so viel Gutes vernommen hatte. Er sattelte sein Roß, nahm nur seinen treuen Diener Waginak mit und ritt in die Welt hinein. Sie ritten über Berge, durch Täler, Wälder und Dörfer, weit ritten sie und lang ritten sie. Gleiche Kleider trugen sie, und keiner, der sie traf, wußte, welches der Zarensohn und welches der Diener war. Bei Bauern und Handwerkern blieben sie zu Gast; wohin sie kamen, fragten sie die Menschen nach ihren Nöten, und so erfuhren sie beide mehr als der Zar in seinem Palast. Der Thronfolger linderte alle Nöte, und keiner wußte, daß er es war; er wurde stark, sonnenverbrannt und gesund auf seiner Reise, und endlich erreichten sie das Dorf am Rande der Wüste. Durstig, müde und erhitzt kamen sie dort an. Sie ließen sich an einer Quelle nieder, und bald erschienen die Dorfmädchen mit ihren Krügen, um Wasser zu holen. Watschagen bat um einen Schluck Wasser. Ein Mädchen reichte ihm ihren Krug, aber ein zweites Mädchen riß ihm den Krug vom Munde, goß das Wasser aus und füllte ihn aufs neue, doch jedesmal, wenn er die Lippen daran setzte, entzog sie ihm den Krug und achtete nicht auf seinen Durst. Endlich reichte sie ihm den Trank, und er sog ihn gierig ein. Als er getrunken hatte, gab er auch Waginak zu trinken. »Weshalb hast du mich so lange auf das Wasser warten lassen?« fragte er das Mädchen. »War es ein Scherz oder wolltest du mich erzürnen?«

»Bei uns ist es nicht Sitte, mit Menschen Scherz zu treiben, wenn sie durstig sind, aber wenn sie erhitzt und müde ankommen, so sollen sie erst eine Weile ruhen und auskühlen, anstatt kaltes Wasser zu trinken, das ihrer Gesundheit schadet.« Watschagen erstaunte ob dieser klugen Antwort. Noch erstaunter aber war er über die Schönheit des Mädchens.

»Wie heißt du, schönes Mädchen?« fragte er. »Anait, und mein Vater ist der Hirte des Dorfes, Aran genannt. Doch wozu willst du den Namen wissen?«

»Ist es Sünde, einen Namen zu erfragen?«

»Nein, Sünde ist es nicht, schöner Fremder. Darum sage mir auch den deinen.«

»Ich kann dir meinen Namen noch nicht sagen. Erst später werde ich dir deinen Wunsch erfüllen. Mein Wort darauf.«

»Gut«, sagte sie, »so gib mir meinen Krug zurück.« Er gab ihn zurück, und das Mädchen ging in die Hütte zu ihrem Vater, dem Hirten. Watschagen und sein Diener aber ritten in den Palast zurück, denn nun wußte Watschagen, daß Anait wirklich schöner und verständiger war als alle Fürstentöchter, die er kannte.

Da Watschagen sich von seinem Plan nicht abbringen ließ, willigten der Zar und die Zarin endlich ein. Sie wählten Geschenke für die Braut aus und riefen Waginak zu sich. Er sollte mit einem zweiten Beauftragten zum Hirten Aran reiten und um seine Tochter werben. Auf schwerbeladenen Rossen machten sich die zwei auf den Weg. Der Hirte begrüßte die Fremden herzlich und führte sie in das Haus. Dort lud er die Gäste ein, auf einem herrlichen Teppich Platz zu nehmen.

»Welch wunderbaren Teppich besitzest du?« fragte Waginak erstaunt.

»Hat deine Frau ihn geknüpft?«

»Meine Frau ist seit zehn Jahren tot, meine einzige Tochter hat ihn gewebt.«

»Im Palast des Zaren findet sich kein so kostbares Stück«, sagte nun der Gesandte des Zaren.

»Darum also drang der Ruhm deiner Tochter bis zu ihm, und darum hat er uns zu dir geschickt, um dich zu fragen, ob du deine Tochter dem Thronfolger zur Gattin geben willst.« Sie dachten, Aran würde aufspringen vor Glück und Freude, jubeln würde er und es nicht glauben wollen. Aber nichts Derartiges geschah. Er senkte den Kopf und zog nur mit den Fingern das Muster des Teppichs nach. So in Gedanken versunken war er, daß Waginak ihn wecken mußte. »Bruder, weshalb bist du so traurig?« Und der zweite sagte: »Nicht mit Gewalt wollen wir deine Tochter nehmen. Du kannst auch nein sagen.« Aran aber sagte nur: »Ich habe kein Recht, über meine Tochter zu verfügen. Wartet ab, bis sie hier ist und fragt sie selber. Ist sie einverstanden, so werde ich es auch sein.« Bald darauf kam Anait mit einem Korb reifer Früchte. Sie verneigte sich vor den Gästen und reichte ihnen von den Früchten. Dann setzte sie sich an ihren Stickrahmen und achtete ihrer nicht länger.

»Anait«, fragte Waginak, »warum bist du allein beim Stikken, ich hörte, du habest viele Schülerinnen?«

»Ich habe sie zur Traubenernte entlassen. Auch diese Arbeit muß verrichtet sein.«

»Ist es wahr, daß du sie auch im Lesen und Schreiben unterrichtest?« fragten die Brautwerber.

»Ja, alle unsere Hirten hier lehrte ich lesen und schreiben. Geht nur hinaus auf unsere Felder, Straßen und in die Wälder; die Stämme der Bäume, die Steine an den Wegen, die Zäune an den Häusern, sie tragen alle Schriftzeichen. Holzkohle dient zum Schreiben, und jeder kann schreiben, und jeder kann es lesen und mit seiner Holzkohle Antwort darauf geben und das Begonnene fortführen. Die einen fangen mit Buchstaben an, die Fortgeschrittenen formen sie in Worte, die andern zu Sätzen, bis Märchen, Geschichten und Lieder daraus werden. Und das alles tun sie neben der Arbeit.« Die Abgesandten staunten immer mehr. »Bei uns in der Stadt und im Zarenpalast ist man noch nicht so weit«, sagten sie. »Willst du nicht zu uns kommen und die Leute dort zu Arbeit und Lernen anhalten, Anait?« Jetzt erhob sich Waginak, schnürte die Ballen auf und breitete vor Anait alle die seidenen Kleider, die Pelze und die herrlichen Schmuckstücke aus, die er als Brautgabe mitgebracht hatte. Anait aber schaute nur flüchtig darauf und fragte: »Womit habe ich das verdient?« Nun erzählte Waginak alles.

»So war also jener Jüngling an der Quelle der Zarensohn? Löst er nun so sein Versprechen ein, mir seinen Namen zu nennen? Er ist ein schöner Jüngling; kennt er ein Handwerk?«

»Anait, er ist ein Zarensohn, wozu braucht er ein Handwerk zu können? In seinem Reich gibt es Handwerker genug, die dazu da sind, ihm zu dienen.«

»Wer heute Herr ist, kann morgen schon Diener werden«, gab Anait zur Antwort. »Sagt dem Prinzen, er sei mir lieb, aber ich hätte geschworen, nur einen Handwerker zu heiraten.«

Unverrichteter Sache mußten die beiden Gesandten zurückkehren. Sie trafen wohlbehalten im Palast ein und erzählten den ganzen Hergang ihrer Brautwerbung. Der Zar und die Zarin freuten sich über Anaits Absage. Sie erwarteten, daß Watschagen erzürnt sein würde, aber er sagte nur: »Anait hat recht! Auch ein Zarensohn sollte ein Handwerk können. Ich will sofort eines erlernen.«

Der Zar berief eine Ratsversammlung ein, und nach langer Beratung kamen sie überein, daß Watschagen die Goldweberei erlernen sollte. Goldwebereien wurden von Persien aus eingeführt und waren in ihrem Lande noch unbekannt, so erschien dies Handwerk dem Zaren am fürstlichsten. Sowie ein Lehrer aus Persien angekommen war, begann Watschagen zu arbeiten, und nach einem Jahr hatte er die Goldweberei erlernt. Er verfertigte einen Stoff aus allerfeinsten Goldfäden und schickte ihn durch Waginak nach Atzig, in das Dorf am Wüstenrand. Dies, so ließ er berichten, sei sein Geschenk für Anait. Auch Anait bewunderte die feine kunstgerechte Arbeit, und sie freute sich über die Geschicklichkeit des Zarewitsch. »Nun darf ich nicht mehr nein sagen, und ich bin einverstanden, seine Frau zu werden.« Als Gegengeschenk schickte sie ihm einen Teppich und das Sprichwort:

Wendet zum Bösen hinfort sich dein Leben,
verlier nicht den Mut, denn du kannst weben!

Bald wurde das Hochzeitsfest gerüstet, und Anait kam an den Zarenhof. Sieben Tage und sieben Nächte dauerte die Hochzeit. Das Volk feierte mit und freute sich, und Anait und Watschagen wurden von allen geliebt und geehrt.

Der treue Diener und Freund Waginak aber verschwand kurz nach der Hochzeit, und alle Nachforschungen blieben vergeblich. Das betrübte den jungen Zarensohn sehr, darum beschloß er auszuziehen, um seinen treuen Diener zu suchen. Er wollte auch wieder wie ehedem im Land umherstreifen, um zu erkunden, wie es seinem Volke erging und wie die Handwerker und Bauern lebten. Da inzwischen sein Vater gestorben war, so wußte er nicht, wem er die Regierung anvertrauen sollte. Seine Frau Anait sagte lachend: »Ich selbst werde dich ersetzen und alles zu deiner und des Volkes Zufriedenheit besorgen. Niemand wird bemerken, daß du abwesend bist.«

»Gut«, sagte der junge Zar, »so sei es. Ich gehe morgen auf Wanderschaft, und wenn ich nach zwanzig Tagen nicht zurückgekehrt bin, so wisse, daß mir ein Unglück widerfuhr oder daß ich nicht mehr am Leben bin.«

Auf seiner Wanderschaft sah und hörte er vieles, lernte Böses und Gutes und kam endlich in die Stadt Peradscha. Was er dort erlebte, berichtet die Geschichte genau.

Als Watschagen in der Stadt angekommen war, sah er einen sonderbaren Zug auf sich zukommen. Das Volk gab einem Greis mit langen weißen Haaren und ebenso langem Bart das Geleite. Einige Leute liefen voraus, säuberten seinen Weg und legten Ziegel und Teppiche aus, damit die Füße des Greises den Boden nicht berührten. Er schien eine Art Priester zu sein. Als er Watschagen entdeckt hatte, sah er ihn mit scharfen Augen an, erkannte, daß er ein Fremder war, und winkte ihn zu sich. »Wer bist du und was treibst du hier?« fragte er. »Ich bin ein Fremder und suche Arbeit«, sagte Watschagen.

»Komm mit mir, ich habe Arbeit für dich«, sagte der sonderbare Greis auf seinem Teppich. »Wenn du für mich arbeitest, so werde ich dich hoch belohnen.« Watschagen nickte zum Zeichen, daß er einverstanden war. Der Alte erhob sich und schritt mit derselben Feierlichkeit, vom ganzen Volk begleitet, weiter. Watschagen folgte ihm. Die meisten Leute, die den Alten begleiteten, trugen schwere Lasten. So erreichten sie endlich ein herrliches Kloster und blieben vor einem eisernen Tor stehen. Der Priester entnahm seiner Tasche einen großen schweren Schlüssel, machte das Tor auf, ließ alle hinein und schloß das Tor von innen wieder zu. Im Inneren war ein herrliches, mit goldenem Zierat ummauertes Kloster mit kleinen Zellen. Vor den Zellen legten die Lastenträger ihre Lasten ab. Der Greis aber winkte den Leuten, ihm noch weiter ins Innere zu folgen. Er öffnete ein zweites eisernes Tor. »Tretet ein«, rief er, »hier werdet ihr Arbeit finden.« Dann schloß er das Tor von außen wieder zu. Erstaunt traten alle näher und blieben eine Weile erschrocken stehen. Watschagen erwachte zuerst aus seiner Betäubung und betrachtete nun den Ort genauer. Es war ein dunkler schmutziger Gang. Er tastete sich vorwärts und sah endlich in der Ferne ein schwaches Licht. Es leuchtete zwischen einer Felsspalte hervor, und hinter der Spalte war eine Art Höhle, aus der ein jämmerliches Wehklagen, Stöhnen und Schreien zu hören war. Plötzlich erschien in der Öffnung eine menschliche Gestalt.

Watschagen trat zu ihr und rief: »Bist du ein Mensch oder bist du ein Teufel? Tritt näher und sag, wo wir uns befinden.« Der Schatten näherte sich und blieb zitternd stehen. Es war ein Mensch, aber er hatte das Gesicht eines Toten. Seine Augen waren eingesunken, die Backenknochen traten hervor, die Haare waren ausgefallen. Seine Rippen ließen sich zählen. »Ich werde euch zeigen, wohin ihr geraten seid, der böse Oberpriester des Klosters hat euch in diese Höhle gesperrt, aus der es keine Rückkehr gibt.« Er wandte sich um, und sie folgten ihm nach, Watschagen an der Spitze. Es war entsetzlich, was sie sahen. Ohne Kleider, ohne Decken lagen halbverhungerte Menschen in der Felshöhle. Im nächsten Raum sahen sie Kessel, unter denen ein Feuer brannte. Dort kochten ebenso jämmerliche Gestalten das Essen für die Gefangenen. Aber da sie nichts zu essen bekamen, so mußten sie noch in eine weitere Höhle. Hier hockten blasse, abgezehrte Gestalten auf dem Boden; sie nähten, strickten und stickten. Die Gestalt erzählte, daß sie der Alte mit falschen Versprechungen hierhergelockt hätte.

Wie lange er selber schon hier schmachtete, konnte er nicht sagen, denn es gab weder Tag noch Nacht. »Diejenigen, die kein Handwerk verstehen und nicht arbeiten können«, erzählte er, »werden sofort in die Kessel gesteckt, denn man braucht Speise für die anderen.« Je länger der Fremde sprach, um so vertrauter erschien Watschagen die Stimme, und endlich erkannte er seinen alten Diener, aber er gab sich ihm noch nicht zu erkennen, um ihn nicht zu erschrecken. Er fragte die anderen Leute, welches Handwerk sie verstünden, und beschloß, so gut es ging, mit ihnen zusammenzuarbeiten und an ihre Befreiung zu denken. Bald darauf kam der Alte, und jetzt war seine Miene boshaft und seine Stimme nicht mehr gleisnerisch freundlich. Er fragte die Neuangekommenen barsch, welches Handwerk sie ausübten. Da antwortete statt ihrer Watschagen: »Wir verstehen prächtigen Goldbrokat zu weben, der hundertmal wertvoller sein wird als das Gold.«

»Sind deine Worte wahr?« fragte der Greis.

»Erprobe sie doch.«

Nun wollte der Alte wissen, welche Instrumente und was für Material sie dafür brauchten, und er drohte ihnen den Tod an, wenn ihre Arbeit nicht vollendet und gut würde. Watschagen sagte ihm, was er dazu brauche. »Aber wir wollen andere Nahrung. Wir sind keine Fleischesser. Wir brauchen Brot, Früchte und Gemüse, sonst müssen wir sofort sterben, und du hast keinen Nutzen mehr von uns.« Der Priester, der gierig nach dem Goldbrokat war, versprach alles. »Gut«, sagte er, »ihr sollt alles haben« und entfernte sich. Er teilte ihnen auch wirklich Brot und Gemüse und Früchte reichlich zu, und Watschagen begann, alles gerecht zu verteilen. Sofort begann er auch mit der Arbeit und unterrichtete die anderen darin. »Wir müssen die Arbeit recht schnell vollenden, davon hängt unser Leben und unsere Befreiung ab«, sagte er zu ihnen. Wirklich, in ganz kurzer Zeit war der herrlichste Brokat, den man sich nur wünschen konnte, fertig. Watschagen aber hatte sonderbare Zeichen und Muster hineingewebt, und der Lesekundige konnte daraus die Geschichte der Höhle, in der sie sich befanden, ablesen. Watschagen beauftragte Waginak, dem Priester zu melden, daß der Stoff fertig sei. Dieser ließ nicht lange auf sich warten, und als er den Stoff erblickte, war auch er überrascht über seine Pracht. Watschagen verpackte den Brokat sorgfältig und überreichte ihn dem Priester. »Was ich dir sagte, wird sich jetzt erweisen. Ich webte in den Stoff Talismane hinein. Für den, der den Stoff bekommt, verwandeln sie Trauer in Freude, Böses in Gutes. Deshalb ist er noch dreimal so wertvoll wie sein eigentlicher Wert. Leider kann kein Sterblicher dies deuten. Nur die kluge Zarin Anait kann das. Bringe ihr den Stoff, und sie wird dich reichlich belohnen. Dir aber webe ich einen neuen.« Als der gierige, böse Alte das vernahm, weiteten sich seine Augen vor Gier. Er beschloß, den anderen nichts davon zu erzählen und heimlich den Stoff zu verkaufen, um den hohen Gewinn einzustecken. Schon am anderen Tag machte er sich auf den Weg zur Zarin Anait.

Inzwischen hatte sie das Reich zur Zufriedenheit verwaltet. Sie selbst wurde von Tag zu Tag trauriger, denn längst waren zwanzig und nochmals zwanzig Tage über die Frist verstrichen, und noch immer war ihr Gemahl nicht zurückgekehrt. Böse

Träume quälten sie. Watschagens treuer Hund winselte oft schmerzlich auf, sein Pferd fraß nicht mehr, die Hühner krähten wie Hähne, die Hähne wiederum sangen wie Fasanen, und jedes Tier im Zarenpalast veränderte sich. Auch der Fluß sah anders aus als sonst, und die Wellen schlugen geräuschlos an den Strand. Eines Morgens, als Anait schon schwach und krank vor Kummer geworden war, meldete man ihr die Ankunft eines fremden Kaufmanns. Die Zarin befahl, ihn sofort vorzulassen. Er verneigte sich vor ihr und überreichte ihr eine silberne Platte, auf der der goldene Stoff lag. Die Zarin betrachtete den feinen Stoff, aber sie achtete nicht auf das Muster. »Was kostet er?« fragte sie den fremden Kaufmann. »Dreihundertmal mehr als sein Goldgewicht«, antwortete dieser. Die Zarin erstaunte über den hohen Preis und wollte nicht so viel bezahlen. »Zarin, es ist kein gewöhnlicher Stoff. Sieh dir das Muster an. Es wurden Talismane hineingewebt, die den Träger des Stoffes vor Kummer und Trauer beschützen sollen.« Da rollte die Zarin den Stoff auf und suchte die Talismane, die als Schriftzeichen eine Botschaft für sie enthielten. »Ich bin in eine Hölle geraten. Der Überbringer dieses Stoffes ist ein Hüter der Hölle. Mit mir zusammen ist auch Waginak hier gefangen. Suche uns im Westen der Stadt Peradscha. Dort steht, durch starke Mauern geschützt, ein Tempel, in dem sich diese Untaten ereignen. Bringst du uns nicht umgehend Hilfe, sind wir alle verloren. Watschagen.«

Die Zarin traute ihren Augen nicht. Sie fing von vorn an zu lesen, sie wiederholte es einige Male. Dann endlich wandte sie sich wieder an den Überbringer: »Du hast recht«, sagte sie. »Diese Talismane üben eine unerwartete Fröhlichkeit auf mich aus. Wochenlang war ich traurig. Nun ist die Traurigkeit zerronnen. Ich bin bereit, für diesen Stoff die Hälfte meines Reiches zu opfern, aber nur, wenn du mir den Schöpfer des Stoffes herbeibringst, damit ich ihn ebenso belohne, wie ich den Überbringer belohnte.«

»Lange lebe die Zarin, ich habe ihn weder gesehen, noch kenne ich ihn. Ich bin nur ein Kaufmann; ich erstand das Stück in Indien von einem Händler.«

»Jetzt lügst du«, entgegnete die Zarin. »Du hast mir zuerst erklärt, wie hoch dich der Preis des Materials zu stehen kam.« Der falsche, als Kaufmann verkleidete Priester versuchte sich herauszureden, aber die Zarin klatschte in die Hände und rief: »Faßt diesen Gauner und sperrt ihn ins Gefängnis.«

Als das geschehen war, ließ sie Alarm blasen und versammelte das Volk vor dem Palast. »Das Leben eures Zaren ist in Gefahr«, rief sie, »wer ihn lieb hat, der folge mir. Wir müssen bis zum anderen Tag in Peradscha sein«.

In einer Stunde waren sie marschbereit. Anait, auf einem feurigen Roß, stürmte allen voran, und sie erreichte die fremde Stadt lange vor den anderen, so rastlos galoppierte sie. Die Leute der Stadt hielten sie für einen Engel vom Himmel, fielen vor ihr auf die Knie und küßten ihre Hände.

»Führe uns zum Tempel«, befahl sie dem ihr zunächst Knienden.

Als sie, gefolgt von ihrem eigenen Volk und den Leuten der Stadt, den Tempel erreicht hatte, öffnete ein Alter sofort die Pforten, denn er glaubte, sie brächten Gaben. Die Zarin aber kannte aus den Schriftzeichen ihres Mannes genau die Lage der Felshöhle, und sie stieß den Alten beiseite und drang in das Innere des Klosters vor. Sie brachen alle Türen auf und überwältigten den Alten und seine Gesellen. Nun sahen erst alle, was hinter den Mauern geschehen war. Als die armen, schwachen, ausgehungerten Gefangenen aus der Felshöhle herauf gekrochen kamen, mußten sie sich die Hände vor die Augen halten, damit die Sonne sie nicht blendete. Viele konnten nur noch als Tote oder Sterbende herauf getragen werden. Da bemächtigte sich des Volkes ein namenloser Zorn. Sie zertrümmerten die Tempelhallen und das gesamte Kloster, und sie befreiten auch den letzten Gefangenen. Watschagen und Waginak kamen als die letzten heraus. Waginak aber fiel vor der Zarin auf die Knie und schluchzte: »Vortrefflichste aller Zarinnen, du hast uns heute das Leben gerettet.«

Watschagen aber widersprach ihm und sagte: »Nein, Waginak, die Zarin rettete uns schon das Leben, als sie dich fragte, ob ich als Sohn eines Zaren auch ein Handwerk verstünde. Du fandest die Frage sonderbar und hast sie belächelt, aber das Handwerk hat uns gerettet.«

Die Kunde von der Befreiung lief durch das Land, und alle lobten die mächtige, kluge Zarin Anait.

Armenisches Märchen

Marija Morewna

Im Zarenreich weit hinter den hohen Bergen und weit hinter den blauen Meeren lagen der Zar und die Zarin im Sterben. Sie riefen Iwan, ihren einzigen Sohn, und trugen ihm auf, gut für seine drei Schwestern, für Marija, Olga und Anna, zu sorgen.

»Gib acht auf sie, und gib eine jede dem zur Frau, der sich als erster um sie bewirbt.«

Der Zar und die Zarin wurden begraben, und traurig gingen Iwan und seine Schwestern durch den schönen Garten. Plötzlich kam eine schwarze Wolke geflogen, und im Nu brach ein schreckliches Gewitter aus. Sie eilten ins Schloß zurück, doch kaum hatten sie die Halle betreten, da teilte sich im Getöse des Donners die Decke, und herein flog ein lichter Falke. Der Falke schlug auf den Boden, verwandelte sich in einen schönen Jüngling, einen prächtigen Zaren und sprach: »Sei gegrüßt, Iwan Zarewitsch, früher war ich oft als Gast bei euch, doch heute komme ich, um Marija, deine Schwester, zur Frau zu erbitten.« – »Wenn auch Marija dich mag, so will ich euch kein Hindernis sein«, antwortete Iwan.

Der Falkenzar verließ mit Marija das Schloß und zog mit ihr in sein Reich. Die Tage vergingen, die Wochen, ein ganzes Jahr flog vorbei. Iwan ging mit seinen beiden Schwestern in dem herrlichen Garten spazieren. Plötzlich erhob sich ein Wirbelwind, und mit Donner und Blitz brach ein schreckliches Gewitter aus. Sie eilten ins Schloß zurück, doch kaum hatten sie die Halle betreten, da teilte sich im Getöse des Donners die Decke, und herab stürzte ein Adler, schlug auf den Boden und verwandelte sich in einen schönen Prinzen.

»Ich grüße dich, Iwan Zarewitsch«, sagte er. »Früher war ich oft als Gast bei euch, doch heute komme ich, um Olga, deine Schwester, zur Frau zu erbitten.« – »Wenn auch Olga dich mag, so will ich euch kein Hindernis sein«, antwortete Iwan.

Und der Adlerzar verließ mit Olga Schloß und Reich. Die Tage, die Wochen vergingen, und wieder war ein Jahr vorbeigeflogen. Iwan ging mit seiner Schwester im herrlichen Garten spazieren. Plötzlich fuhr ein Sturm durch die Lüfte, und ein fürchterliches Gewitter brach aus. Sie eilten ins Schloß zurück, doch kaum hatten sie die Halle betreten, da teilte sich im Getöse des Donners die Decke, und herab stürzte ein Rabe, schlug auf den Boden und verwandelte sich in einen schönen Jüngling. Wohl waren die Freier schön, aber dieser war der herrlichste von allen. »Ich grüße dich, Iwan Zarewitsch«, sagte er. »Früher war ich oft als Gast bei euch, doch heute komme ich, um Anna, deine Schwester, zur Frau zu erbitten.« – »Wenn auch Anna dich mag, will ich euch kein Hindernis sein«, antwortete Iwan.

Und der Rabenzar verließ mit Anna Schloß und Reich. Ein ganzes Jahr blieb Iwan allein, dann wurde ihm die Zeit zu lang, er machte sich auf den Weg, seine Schwestern zu suchen.

Eines Tages kam er auf ein Feld, auf dem ein ganzes Heer erschlagen lag. »Wenn noch einer lebt, so soll er mir sagen, wer dieses Heer schlug«, rief Iwan.

»Das große Heer wurde von der Zarin Marija Morewna geschlagen«, antwortete eine Stimme. Iwan ging weiter und kam zu den weißen Zelten der Zarin. »Sei mir gegrüßt«, rief sie. »Wohin des Wegs und weshalb?«

Da blieb Iwan zwei Nächte in den weißen Zelten der Zarin, verliebte sich in sie und nahm sie zum Weib. Marija, die Zarin, nahm ihn mit sich in ihr Reich. Wie lange sie dort lebten, weiß niemand zu sagen. Eines Tages entschloß sich die Zarin in den Krieg zu ziehen. Sie übergab Iwan Zarewitsch das ganze Hauswesen und trug ihm auf: »Sorge du nun für das Haus und für alles, was dazugehört. Nur eines – in die kleine Kammer sollst du nicht hineinschauen!«

Kaum war die Zarin mit ihrem Heer losgezogen, lief Iwan zur Kammer, öffnete sie und sah dort Koschtschej, den Unsterblichen, angeschmiedet an zwölf Ketten. »Erbarme dich!« rief Koschtschej, »gib mir zu trinken. Seit zehn Sommern liege ich in Ketten, meine Kehle schmerzt mich vor Durst.« Da holte Iwan einen Eimer voll Wasser. Koschtschej, der Unsterbliche, trank und bat um einen zweiten Eimer Wasser. Und als auch dieser leer getrunken war, verlangte er einen dritten. Als er auch dieses Wasser getrunken hatte, kehrte alle Kraft in ihn zurück. Er schüttelte sich, und auf einmal zersprangen seine zwölf Ketten. »Vielen Dank, Iwan Zarewitsch!« brüllte Koschtschej, der Unsterbliche. »Nun wirst du Marija Morewna nie wiedersehen.« Und in einem schrecklichen Sturmwind wirbelte er zum Fenster hinaus.

Iwan setzte sich hin und weinte heiße Tränen. Dann machte er sich auf den Weg, Marija Morewna zu suchen.

Er wanderte einen Tag, zwei Tage, bei Anbruch des dritten Tages kam er an ein herrliches Schloß. Vor dem Schloß stand eine Eiche, und auf der Eiche saß ein Falke. »Welch eine Freude!« rief der Falkenzar, flog herab, schlug auf den Boden und verwandelte sich in einen stattlichen Jüngling. Auch Iwans Schwester Marija kam herbei, und sie küßten sich und freuten sich und redeten drei Tage lang.

»Nun muß ich aber weiterziehen, um Marija Morewna, mein Weib, zu suchen«, sagte Iwan. »Schwer wirst du es haben«, sagte der Falkenzar. »Laß dein silbernes Löffelchen hier, damit wir uns an dich erinnern.«

So ließ Iwan das Löffelchen zurück und machte sich auf den Weg. Er wanderte einen Tag, zwei Tage, bei Anbruch des dritten Tages kam er an ein herrliches Schloß. Vor dem Schloß stand eine Eiche, und auf der Eiche saß ein Adler.

»Welch eine Freude!« rief der Adlerzar, flog herab, schlug auf den Boden und verwandelte sich in einen stattlichen Jüngling. Auch Iwans Schwester Olga kam herbei, und sie küßten sich und freuten sich und redeten drei Tage lang. »Nun muß ich aber weiterziehen, um Marija Morewna, mein Weib, zu suchen«, sagte Iwan. »Schwer wirst du es haben«, sagte der Adlerzar. »Laß dein silbernes Gäbelchen hier, damit wir uns an dich erinnern.« So ließ Iwan das Gäbelchen zurück und machte sich auf den Weg. Er wanderte einen Tag, zwei Tage, bei Anbruch des dritten Tages kam er an ein herrliches Schloß, herrlicher als die beiden andern. Vor dem Schloß stand eine Eiche, und auf der Eiche saß ein Rabe. »Welch eine Freude!« rief der Rabenzar, flog herab, schlug auf den Boden und verwandelte sich in einen stattlichen Jüngling. Auch Iwans Schwester Anna kam herbei, sie küßten sich und freuten sich und redeten drei Tage lang.

»Nun muß ich aber weiterziehen, um Marija Morewna, mein Weib, zu suchen«, sagte Iwan. »Schwer wirst du es haben«, sagte der Rabenzar. »Laß deine silberne Dose hier, damit wir uns an dich erinnern.«

So ließ Iwan die Dose zurück und machte sich auf den Weg. Er wanderte einen Tag, zwei Tage – am dritten kam er zum Haus des unsterblichen Koschtschej und sah Marija Morewna. Beide weinten vor Freude und umarmten sich.

»Schnell, laß uns gehen, bevor er zurückkommt«, sagte die Zarin, denn Koschtschej, der Unsterbliche, war gerade nicht zu Hause. Und so machten sie sich eilig auf den Weg.

Als Koschtschej am Abend nach Hause ritt, stolperte sein Pferd und er schrie: »Was stolperst du denn, du Hungertier von einer Schindermähre? Oder liegt etwa Unheil in der Luft?«

»Iwan Zarewitsch hat Marija Morewna geholt«, antwortete das Pferd. »Ist Zeit genug, sie einzuholen?«

»Zuvor kannst du Weizen säen, kannst warten, bis er reif ist, kannst ernten, dreschen, Mehl mahlen, kannst drei Öfen voll Brot backen, kannst das Brot essen, dich dann auf den Weg machen, und immer noch wäre genug Zeit, die beiden einzuholen.«

Koschtschej ritt los und hatte Iwan und Marija Morewna bald eingeholt. »Dies eine Mal verzeihe ich dir, weil du mir Wasser gegeben hast. Vielleicht werde ich dir auch noch ein zweites Mal verzeihen, doch beim dritten Mal würde ich dich zerschlagen.« Mit diesen Worten nahm Koschtschej Marija Morewna und brachte sie in sein Haus zurück.

Iwan setzte sich auf einen Stein und weinte bitterlich. Dann rüstete er sich wieder, machte sich wiederum auf den Weg zu Marija, seinem Weib. Koschtschej, der Unsterbliche, war gerade nicht zu Hause.

»Laß uns gehen«, bat Iwan.

»Er wird uns einholen«, klagte Marija Morewna, und doch gingen sie schnell fort.

Als Koschtschej am Abend nach Hause ritt, stolperte sein Pferd und er schrie: »Was stolperst du denn, die Hungertier von einer Schindermähre? Oder liegt etwa Unheil in der Luft?«

»Iwan Zarewitsch hat Marija Morewna geholt«, antwortete das Pferd. »Ist Zeit genug, sie einzuholen?«

»Zuvor kannst du Gerste säen, kannst warten, bis sie reif ist, kannst ernten, dreschen, Bier brauen, drei Eimer voll trinken, kannst ausschlafen, und wenn du dich dann auf den Weg machst, ist immer noch Zeit genug, um sie einzuholen.«

Koschtschej ritt los und hatte Iwan und Marija Morewna bald eingeholt. Er drohte Iwan, daß dies das letzte Mal gewesen sei, das nächste Mal kenne er keine Gnade mehr, nahm Marija und brachte sie in sein Haus zurück. Iwan setzte sich auf einen Stein und weinte bitterlich. Dann rüstete er sich wieder und machte sich wiederum auf den Weg zu ihr. Koschtschej, der Unsterbliche, war gerade nicht zu Hause.

»Ach Iwan«, klagte Marija, »warum sollen wir fortgehen, er wird uns einholen und dich töten.« – »Ich kann ohne dich nicht leben«, sagte Iwan, »komm, laß uns gehen.«

Abends stolperte das Pferd zum dritten Mal, und Koschtschej galoppierte los, holte die beiden ein, schlug Iwan kurz und klein, legte die Stücke in eine Tonne und warf die Tonne ins blaue Meer.

Da wurden das silberne Löffelchen, das silberne Gäbelchen und die silberne Dose schwarz, und die Zaren und ihre Frauen wußten, daß Iwan ein Unglück zugestoßen war.

Der Adler flog zum Meer, trug die Tonne an den Strand, der Falke holte Lebenswasser und der Rabe Todeswasser. Dann zerschlugen sie zu dritt die Tonne, setzten die Teile, wie es sich gehört, wieder zusammen, der Rabe goß sein Todeswasser darüber, daß alles zusammenwuchs, und der Falke goß sein Lebenswasser darüber, daß Iwan aufstand und sagte: »Ach wie lange habe ich doch geschlafen.«

»Ewig hättest du geschlafen, wenn wir nicht gekommen wären«, sagten die Zaren und wollten nach Hause, um ein Fest zu feiern. Doch Iwan machte sich auf den Weg zu Marija Morewna und bat sie zu erkunden, woher Koschtschej, der Unsterbliche, sein schnelles Pferd hat. Als es Abend wurde, erzählte ihr Koschtschej: »Hinter dreimal sieben Ländern im dreimal neunten Zarenreich wohnt hinterm Feuerfluß die Baba Jaga. Drei Tage war ich bei ihr und hütete ihre Stuten, und da ich auch nicht eine verlor, gab sie mir zum Lohn das Pferd, das damals noch ein Fohlen war. Baba Jaga selbst hat auch eine kleine Stute, mit der sie jeden Tag einmal rund um die Welt fliegt.«

»Aber wie kamst du über den Feuerfluß?« fragte die Zarin. »Nun, ich habe ein Tuch, wenn ich das dreimal nach der rechten Seite schwenke, so entsteht eine hohe, hohe Brücke.«

Als Marija Morewna den Koschtschej ausgefragt hatte, nahm sie das Tuch an sich, gab es dem Iwan Zarewitsch und erzählte ihm alles.

Iwan Zarewitsch setzte über den Feuerfluß und machte sich auf den Weg zur Baba Jaga. Er war lange gelaufen ohne zu essen und zu trinken, und endlich war er so hungrig geworden, daß er zu einem Vogel sagte: »Dich möchte ich jetzt verspeisen.«

»Tu's nicht«, antwortete der Vögel, »ich werde dir noch einmal von Nutzen sein.« Als Iwan zu einem Bienenstock kam, sagte er: »Ich werde mir von dem Honig nehmen.« – »Tu's nicht«, sagte die Bienenkönigin, »ich werde dir einmal von Nutzen sein.« Und als er einer Löwin mit ihrem Jungen begegnete, sagte er: »So hungrig bin ich, daß ich den Kleinen verspeisen möchte.« – »Tu's nicht«, sagte die Löwin, »dann will ich dir einmal von Nutzen sein.«

Endlich kam Iwan zur Hütte der Baba Jaga. Auf elf von zwölf Pfählen des Zaunes steckten Menschenschädel. »Guten Tag, Iwan Zarewitsch«, brummte die Baba Jaga. »Kommst du freiwillig oder kommst du in Not?« – »Ich möchte mir ein Pferd verdienen, das so schnell ist wie der Wind.«

»Nur drei Tage brauchst du mir zu dienen, mußt drei Tage lang meine Stuten hüten. Doch verlierst du auch nur eine, so kommt dein schlauer Kopf auf die Stange.« Sie gab ihm zu essen und zu trinken. Kaum hatte Iwan die Stuten aufs freie Feld getrieben, streckten sie sich und galoppierten in alle Himmelsrichtungen auseinander. So schnell waren sie auf und davon, daß Iwan ihnen nicht einmal mit den Augen folgen konnte. Da weinte Iwan und setzte sich auf einen Stein. Und endlich schlief er ein.

Als es Abend wurde, weckte ihn ein Vogel: »Geh jetzt zur Alten. Die Stuten sind alle im Stall.« Da ging Iwan zur Baba Jaga und hörte sie schreien: »Warum seid ihr schon zurück?«

»Die Vögel der ganzen Welt kamen geflogen und wollten uns die Augen auspicken«, rief eine der Stuten. »Morgen lauft ihr in die Wälder hinein«, schrie Baba Jaga. Kaum hatte Iwan die Stuten am nächsten Tag aufs freie Feld getrieben, waren sie auch schon in den Wäldern verschwunden. Iwan setzte sich auf einen Stein und weinte, und endlich schlief er ein.

Als es Abend wurde, weckte ihn die Löwin: »Die Stuten sind schon alle im Stall.« Da ging Iwan zur Baba Jaga und hörte sie schreien: »Warum seid ihr schon zurück?«

»Es kamen schreckliche Tiere aus der ganzen Welt gelaufen, die uns beinahe zerrissen hätten«, sagte eine der Stuten.

»Morgen lauft ihr ins Meer hinaus«, sagte die Baba Jaga.

Kaum hatte Iwan die Stuten am nächsten Tag aufs freie Feld getrieben, streckten sie sich auch schon und galoppierten weit ins Meer hinaus. Iwan setzte sich auf einen Stein, weinte und schlief ein.

Als es Abend wurde, kam die Bienenkönigin geflogen und weckte ihn auf: »Iwan Zarewitsch, geh jetzt, die Stuten stehen schon im Stall. Doch zeige dich der Baba Jaga nicht, versteck dich im Stall hinter der Krippe. Dort liegt ein räudiges Fohlen und wälzt sich im Mist. Wenn die Nacht stockfinster ist, nimm es und verlaß das Haus.« Wieder schrie die Baba Jaga: »Warum seid ihr schon da?« – »In großen Schwärmen kamen Bienen aus der ganzen Welt geflogen und stachen uns. Da mußten wir doch zurück«, sagte eine der Stuten.

Als die Nacht stockfinster war, sattelte Iwan das räudige Fohlen, ritt zum Feuerfluß, schwenkte dreimal das Tuch und überquerte auf einer herrlichen Brücke den Fluß. Und weil er, dort angekommen, in der Eile das Tuch nur zweimal schwenkte, blieb die Brücke dort zurück – als dünner, schmaler Bogen.

Die Baba Jaga sah am nächsten Morgen, was geschehen war, sprang in ihren Mörser und jagte hinter Iwan her und sah nicht, wie dünn die Brücke über dem Fluß stand. »Ein schönes Brückchen«, dachte sie noch, da brach die Brücke auch schon zusammen, und die Baba Jaga stürzte in den Feuerfluß.

Iwan ließ sein Fohlen auf den grünen Wiesen grasen, und da wurde es ein großes, starkes, herrliches Roß, das ihn in Windeseile zur Zarin Marija Morewna trug. Er hob sie aufs Pferd und sprengte mit ihr davon.

Als der Koschtschej am Abend nach Hause ritt, stolperte sein Pferd: »Was stolperst du denn, du Hungertier von einer Schindermähre? Oder liegt etwa Unheil in der Luft?«

»Iwan Zarewitsch hat Marija Morewna geholt.«

»Holen wir sie ein?« – »Iwan Zarewitsch hat ein Pferd, das schneller ist als ich.«

»Das ertrage ich nicht!« schrie Koschtschej, der Unsterbliche, »wir werden sie dennoch verfolgen.« Schon nach kurzer Weile hatte er die beiden eingeholt. Als Koschtschej Iwan mit seinem Säbel erschlagen wollte, zerschmetterte Iwans Pferd mit seinem Huf den Kopf des unsterblichen Koschtschej. Iwan schichtete einen Haufen Holz auf, verbrannte den Unsterblichen und streute seine Asche in alle Himmelsrichtungen. So waren sie endlich befreit, Iwan Zarewitsch und die Zarin Marija Morewna. Sie ritten zum Raben, zum Adler und zum Falken. Und alle bewunderten die Schönheit der Zarin. Sie bereiteten ein großes Festmahl, das drei Tage dauerte. Dann zogen Iwan und Marija Morewna heim in ihr Reich. Dort lebten sie glücklich miteinander und mehrten ihr Hab und Gut.

Russisches Märchen

Dolassilla

Hoch in den Bergen lebten einmal ein König und eine Königin, die über ein kleines Reich herrschten. Lange hatten sie keine Kinder, darüber waren sie sehr traurig. Endlich bekam die Königin ein Kind, ein kleines Mädchen, das sie Dolassilla nannten.

Der König liebte seine kleine Tochter sehr, und immer, wenn er zur Jagd oder ins Land hinausritt, mußte sie an seiner Seite reiten. Da der König sehr machthungrig war, trug er sich mit dem Gedanken, einen Kronschatz anzulegen. Nun erzählten sich die alten Leute in seinem Reich, daß ganz oben in den Bergen ein Silbersee liege, der von den Zwergen bewacht würde und auf dessen Grund ein ungeheurer Schatz verborgen liege. Doch niemand hatte bis jetzt gewagt, das Reich der Zwerge zu betreten und diesen Schatz zu heben. Eines Tages entschloß sich der König, den Silbersee zu suchen, und es gelang ihm, in das Reich der Zwerge einzudringen. Seine Diener und Helden und seine Tochter Dolassilla begleiteten ihn dabei. Er ließ Boote bauen und den Grund des Sees mit Hakenstangen aufwühlen. Jedoch vergebens. Der stille See gab sein Geheimnis nicht preis.

Als nun die Leute des Königs eines Tages wieder um den See herumstreiften, entdeckten sie am Abhang Höhlen, in denen sie schwere Silberbarren und kostbares Geschmeide fanden. Auch eine kleine silberne Büchse war dabei; sie enthielt ein Stückchen weißes Fell und ein graues Pulver. Der König betrachtete voll Freude und Gier diesen Fund. Doch da kamen drei Zwerge aus dem Berg heraus und baten inständig, man möge ihnen ihre Habe nicht wegnehmen. Als sie sahen, daß der König hart blieb und das Gefundene an sich raffte, da flehten sie, er möge ihnen wenigstens die Büchse mit dem Pulver lassen, auf alles andere wollten sie verzichten.

Der König aber übergab die Büchse seiner Tochter Dolassilla und befahl ihr, diesen Fund gut aufzubewahren. Dolassilla gehorchte, da sie jedoch Mitleid mit den Zwergen hatte, die laut über den Verlust ihres Schatzes klagten, gab sie ihnen die Büchse zurück. Voller Freude dankten sie ihr. Sie führten sie an den See und wiesen sie an, das Pulver in das Wasser zu streuen. Dolassilla befolgte diesen Rat. Da sagten die Zwerge: »Jetzt wird der Schatz, der in dem See liegt, zu blühen anfangen, wir aber sind erlöst und dürfen wieder in den Berg zurück, wo unsere Heimat ist. Zur Erinnerung schenken wir dir das Büchslein und das Fleckchen Fell; laß dir daraus ein Panzerkleid machen, denn du wirst eine Kriegerin werden, so mutig und so siegreich, wie keine noch gewesen ist. Du wirst übernatürliche Kräfte haben bis zu deiner Hochzeit; nach der Hochzeit wirst du aber so sein wie ein jedes Weib. Und noch etwas merke dir, Prinzessin: dein Panzerkleid wird weiß sein wie der Schnee der Berge, und wenn es sich einmal verfärbt und dunkel wird, dann ziehe nicht in die Schlacht!«

Dann verschwanden die Zwerge, und der König und Dolassilla kehrten mit ihrem Gefolge in ihr Reich zurück. Dort ließ der König die besten Meister kommen und befahl ihnen, das Panzerkleid für Dolassilla zu verfertigen. Die Meister betrachteten die Gaben der Zwerge und sagten, in dem Büchslein stecke eine gewaltige Menge Silber, das Fleckchen aber sei feinstes Hermelinfell und lasse sich auf mehrere Klafter auseinanderziehen. Also erhielt die Prinzessin ein wundervolles Panzerkleid von Silber und Hermelin. Es war dünn und biegsam, aber so dicht und fest, daß keine Spitze es durchbohren konnte.

Nach einiger Zeit suchte der König wieder den Silbersee auf, um zu sehen, ob der Schatz inzwischen erblüht sei. Da hatten sich die Ufer mit silbernem Schilf bedeckt, das wundersam im Winde klirrte, und auf dem Wasser schwammen große Blumen, die wie Edelsteine blitzten. Der Zaubersee war sehr schön, aber auch unheimlich, und niemand getraute sich, an diesem See zu bleiben.

Einer der Gefolgsleute schnitt ein paar Schilfrohre ab und machte daraus Pfeile für Dolassilla. Sie stellte bald fest, daß keiner der Pfeile sein Ziel verfehlte. Da ordnete der König an, soviel Schilf mitzunehmen, wie sie nur tragen konnten, um Dolassilla auf lange Zeit mit solchen Pfeilen auszurüsten.

Als nun der König in den nächsten Krieg zog, mußte auch Dolassilla mitreiten und gegen die Feinde kämpfen, und obwohl die Prinzessin schauderte, starben Hunderte durch ihre nie fehlenden Pfeile, und der König gewann mit Leichtigkeit den Sieg.

Von nun an hatte der König weder Rast noch Ruh. Er führte mehrere Kriege, die er durch Dolassilla gewann, und riß unermeßliche Reichtümer an sich. Aber nichts wollte ihm genügen, wie sehr auch die Königin und Dolassilla ihn baten, die Kriege zu beenden und Frieden zu machen.

In einem der Nachbarreiche herrschte ein mächtiger Zauberer, der mit Neid und Wut auf die wachsende Macht des Königs blickte. Er überlegte sich, wie er Dolassillas Unbesiegbarkeit zerstören könne. Nun lebte in einem weit entfernten Land ein Prinz, der von Dolassilla noch nichts gehört hatte und also von ihren Zauberpfeilen nichts wußte. Dieser Prinz war bekannt als tapferer und unbesiegbarer Kämpfer, und der Zauberer erwog, mit seiner Hilfe Dolassilla zu besiegen. Der

Prinz erklärte sich auch bereit, gegen Dolassilla zu kämpfen, weil es ihm lächerlich erschien, er könne einer Frau unterlegen sein. Er wollte sie aber nicht töten, sondern sie auf ihrem Pferd aus der Schlacht herausführen.

Nach diesem Entschluß rüstete man sich zu einem neuen Kriege. Auf dem Schlachtfeld prallten die Heere aufeinander, und dann sah der Prinz Dolassilla, die, hoch zu Roß, im Panzerkleid von Silber und Hermelin, mit ihren Pfeilen die Schlacht beherrschte. Entzückt von ihrer Schönheit blickte der Prinz zu ihr auf, und auch Dolassilla sah ihm erstaunt in die Augen. Beide vergaßen die Schlacht und die Gefahr, und so konnte der Zauberer, der sich hinter dem Prinzen verbarg, einen Pfeil auf die Prinzessin abschießen, der ihr Panzerkleid durchdrang und sie verwundete. Doch obwohl sie aus der Schlacht geführt werden mußte, war ihrem Vater der Sieg bereits sicher, und der Prinz konnte nur mit Mühe den Feinden entkommen. Von nun an lag dem Prinzen nur noch daran, in Dolassillas Gefolgschaft zu gelangen, um ihr zu dienen und sie zu schützen.

Dolassilla gesundete zwar bald wieder, aber der König erkannte, daß sie nicht unverwundbar war. Er befragte seine Meister, wieso es geschehen konnte, daß ein Pfeil das weiße Panzerkleid durchbohrte. Die Meister entgegneten, jener Pfeil habe Zauberkräfte gehabt. Das Panzerkleid aber vermöge nur gewöhnliche Waffen abzuhalten. Wenn die Prinzessin vollständig geschützt sein sollte, müßte sie einen zauberfesten Schild besitzen, einen solchen Schild zu schmieden verstünden aber nur die Zwerge. Der Schild wurde angefertigt, aber nun zeigte sich, daß er so schwer war, daß ihn keiner aus Dolassillas Gefolge zu heben vermochte. Da meldete sich der Prinz und erklärte, er sei imstande, den Schild zu tragen und die Prinzessin zu schützen. Er wurde vom König als Schildknappe bestellt mit dem Auftrag, in der Schlacht an der Seite der Prinzessin zu reiten und ihr den Schild zu halten. Von nun an wuchs das Reich des Königs weiter an, denn vor Dolassilla und ihrem Schildknappen sanken die feindlichen Heere zusammen wie Gras im Feuerbrande. Das Reich wuchs an Macht und Schätzen, und der Ruhm der kriegerischen Prinzessin drang bis zu den fernsten Ländern. Jedesmal aber, wenn Beute gemacht wurde, ließ der König die schönsten und kostbarsten Kleinodien heraussuchen und schenkte sie seiner Tochter. Zu den Feierlichkeiten bei Hof erschien Dolassilla im herrlichsten Schmuck, glänzender als irgendeine Königin. Alles verneigte sich vor ihr, und der König nannte sie den Stolz und den Stern des Reiches.

Groß aber war die Empörung des Königs, als eines Tages der Schildknappe bei ihm erschien und sich um die Hand der Prinzessin bewarb. Am liebsten hätte er ihn in das tiefste Verlies werfen lassen; aber er bezwang sich, weil er dachte, daß er seine Hilfe noch brauchen könne. Deshalb lachte er nur geringschätzig und sagte: »Meinst du denn im Ernst, daß unsere siegreiche Prinzessin, der Stern des Reiches, für dich geschaffen sei?«

Doch ein großer Schrecken erfaßte ihn, als der Prinz ganz ruhig entgegnete, das Jawort der Prinzessin habe er bereits erhalten. Dem König verschlug es die Sprache. Er schickte den Prinzen fort und ließ Dolassilla holen. Aber diese bestätigte nur, was der Schildknappe gesprochen hatte. »Närrin«, schrie der König, »wie kannst du dich an solch einen Hergelaufenen verlieren, und wie kannst du überhaupt an eine Heirat denken, ohne mich vorher zu fragen? Weißt du nicht mehr, daß deine übernatürliche Stärke nach deiner Hochzeit verloren wäre? Wer soll künftig meine Schlachten schlagen, wer soll meine Siege erfechten, wenn du nicht mehr die Waffen führst?«

»Mein Schildknappe wird es tun«, versetzte Dolassilla. »Er ist ein gewaltiger Krieger, laß ihn die Waffen führen.«

»Undankbares Geschöpf!« rief der König. »Habe ich dir nicht stets den besten Teil der Beute gespendet, habe ich dich nicht in Gold und Perlen und Edelsteine eingehüllt, habe ich dich nicht hoch geehrt vor allen? Und nun willst du mich verlassen, willst mich und dein ganzes Volk der Wut der Feinde preisgeben? Alles um dieses armseligen Schildknappen willen?«

»Es ist mein Schicksal«, entgegnete die Prinzessin, »Vater, zürne mir nicht, denn ich kann nichts mehr daran ändern.« Und dabei blieb es.

Allmählich erkannte der König, daß er seine Tochter von ihrem Entschluß nicht mehr würde abbringen können. Er bereitete gerade einen neuen Feldzug vor, und Dolassilla verweigerte die Teilnahme, wenn sie nicht vom Vater die Einwilligung zur Heirat erhielt. So gab der König endlich nach. Aber es ärgerte ihn, und nach dem Feldzug fand er neue Ausflüchte, um die Hochzeit zu verzögern. Immer mehr verschärfte sich der Gegensatz. Trotz des Wortes, das er gegeben, sann der König auf irgendein Mittel, um seine Tochter von dem Schildknappen loszureißen. Es war ihm zu Ohren gekommen, daß die beiden einander versprochen hatten, solange ihr Brautstand dauern würde, nur gemeinsam in den Kampf zu ziehen. Und darauf baute er seinen Plan. Eine letzte große Unternehmung schwebte ihm vor. Gelänge dies, so wäre es gleichgültig, wenn Dolassilla keine Waffen mehr führen würde. Weit in den Bergen gab es in einem unterirdischen Reich ein Volk, das einen riesigen Schatz besaß. Mit diesem Volk schloß der König einen Vertrag; sie sollten ihm den Zugang zu dem unterirdischen Reich öffnen, und dafür würde er ihm sein eigenes Volk und Reich überlassen. Er selbst aber wollte mit seinen Angehörigen und seinem Kronschatz in das unterirdische Reich hinunterziehen. Da er aber wußte, daß sein Volk diesem Vertrag niemals zustimmen würde, gab er dem Nachbarkönig den Rat, sein Volk anzugreifen. Er versprach auch, daß die Prinzessin nicht zu Hilfe kommen und in den Kampf ziehen werde, denn ohne ihren Schildknappen wollte sie ja nicht mehr kämpfen. Und danach ließ der König den Schildknappen des Landes verweisen – er durfte nicht einmal mehr von Dolassilla Abschied nehmen. So verriet der gierige König sein eigenes Volk. Er glaubte nämlich, daß ohne Dolassilla und den Schildknappen der Nachbarkönig sein Volk besiegen werde und er in das unterirdische Reich ziehen könne. Heimlich verließ er das Schloß, um in einem Versteck auf dem Berg den Ausgang der Schlacht abzuwarten. Die Kriegserklärung der Nachbarvölker an das Volk des Königs und der Prinzessin war erfolgt. Trotz der Bitten des Heermeisters war Dolassilla nicht bereit, ihr Versprechen gegenüber ihrem Schildknappen zu brechen und ohne ihn in den Kampf zu ziehen. Als aber das Heer der Feinde in unübersehbarer Zahl immer näher rückte und der Heermeister erkannte, daß sie ohne Dolassillas Hilfe verloren waren, flehte ihre Mutter sie um ihren Beistand an, und das ganze Volk bat sie jammernd um Hilfe. Da konnte sich Dolassilla nicht länger weigern, und schweren Herzens rüstete sie sich zum Kampf. Als die feindlichen Könige erfuhren, daß Dolassilla nun doch entgegen der Beteuerung ihres Vaters in den Kampf zog, wandten sie sich hilfesuchend an den mächtigen Zauberer, dem es schon einmal gelungen war, die Prinzessin zu verwunden. Der erklärte ihnen, daß sie nur mit ihren eigenen Pfeilen vernichtet werden könne. Am Vorabend der Schlacht ritt die Prinzessin noch einmal aus, voller Trauer an ihren Schildknappen denkend, dem sie ihr Versprechen nicht halten konnte. Wie sie so durch die Abendstille ritt, hörte sie an den Felsen oben schwaches Glockenläuten, als ob da noch Ziegen weideten. Das Geläute kam immer näher, manchmal huschte etwas Graues zwischen den Felsblöcken hindurch. Die Prinzessin hielt ihr Pferd an, und sie sah mit Verwunderung eine Anzahl Kinder über das Geröll herabkommen. Es waren fremde, zerzauste, verwahrloste Kinder, wie sie solche noch nie gesehen hatte. Einige läuteten mit kleinen Glocken von abscheulichem Klange. Die Kinder umringten das Pferd, deuteten auf die silbernen Pfeile, welche Dolassilla vorn am Sattel mit sich führte, und riefen: »Oh, was hast du da Schönes, schenk uns doch die glänzenden Sachen!«

»Das ist nichts für euch«, sagte die Prinzessin, »ihr könntet euch damit weh tun.«

Als aber die Kinder immer dringlicher wurden, schenkte sie jedem einen Pfeil. Und es waren gerade dreizehn. Vor Beginn der Schlacht trat Dolassilla vor ihr Heer. Alle blickten zu ihr auf, und ihre Herzen schlugen höher. Als aber die Prinzessin zu Pferde stieg, da geschah etwas Unheimliches. Das berühmte Panzerkleid von Silber und Hermelin, so weiß wie der Schnee der Berge, verfärbte und verfinsterte sich und wurde düster. Da dachte Dolassilla an den Spruch der Zwerge, und ein Schauer überlief sie. Um aber bei ihren Leuten keine Furcht aufkommen zu lassen, faßte sie sich schnell und sagte: »Ein dunkler Panzer deckt mich heute; wie eine Todesbotin ziehe ich in den Kampf, und die Feinde werden vor mir zittern!« Bis zum Mittag kämpfte sie erfolgreich gegen ihre Feinde. Schon wankten die Feinde, denn Dolassillas Pfeile trafen viele von ihnen, und ihre Ritter kämpften voller Zuversicht. Vergeblich suchten die dreizehn Bogenschützen, die die tödlichen Pfeile bei sich trugen, die schimmernde weiße Prinzessin. Aber dann gewahrten sie ihren Irrtum. Sie umzingelten die schwarzgerüstete Feindin und begannen, sie gleichzeitig von verschiedenen Seiten anzugreifen. Dolassilla wehrte sich tapfer. Mehrere Pfeile durchschlugen ihren Panzer, aber erst der siebente konnte sie tödlich treffen.

Da war das Glück ihres Heeres zerbrochen, und nur wenige Tapfere unter dem Heermeister entrissen die Sterbende dem Getümmel. Sie trugen sie in eine Hütte. Der alte Heermeister aber beugte sich zu ihr nieder, um zu hören, ob ihr Herz noch schlüge; schnell erhob er sich wieder. Alle sahen ihn an. Er aber sprach: »Der Stern des Reiches ist erloschen.«

Darauf setzten sie die Hütte in Brand, um den Leichnam vor dem Zugriff der Feinde zu schützen. Der falsche König aber, der aus seinem Versteck dem Kampf zusah, erstarrte zu Stein.

Der Schildknappe vergaß Dolassilla nie und trauerte lange um sie. Aber immer noch denkt das Volk in seinen Märchen und Liedern an Prinzessin Dolassilla.

Märchen aus den Dolomiten

Capitaine Lixur

Ein Edelmann hatte drei Töchter, mit denen lebte er auf seinem Landgut. Eines Tages aber brach Krieg aus, und er bekam den Befehl, sich mit Pferd und Rüstung beim Heere des Königs einzufinden. Da sorgte sich der Edelmann bei dem Gedanken, seine Töchter ohne Schutz und Beistand allein zurückzulassen.

»Vater, macht Euch deshalb keine Sorgen. Laßt mich an Eurer Stelle zum Heere reiten«, sagte seine älteste Tochter. »Ach mein liebes, gutes Kind«, antwortete er, »das ist nicht möglich.« – »Vater, glaubt mir! Wenn ich Eure Rüstung angelegt habe, werde ich ein schöner Ritter sein, und niemand wird daran zweifeln, daß ich ein Mann bin.«

Sie bestand so lange auf ihrem Vorhaben, bis ihr Vater sie ziehen ließ. Aber sie hatte kaum den Hof verlassen, als er auch schon sein Gewehr nahm und querfeldein lief, um sie am Rande einer Straße zu erwarten, an der sie vorüberziehen mußte. Dort wollte er ihren Mut auf die Probe stellen. So versteckte er sich hinter einem Gebüsch, und als er sie kommen sah, zielte er auf sie und rief: »Geld her oder das Leben!« Erschreckt wendete das Mädchen sein Pferd und ritt augenblicklich nach Hause zurück.

Ihr Vater war schon wieder dorthin zurückgekehrt und fragte: »Nun mein Kind, was ist geschehen? Mir scheint, du bist nicht sehr weit gekommen.« – »Ich bin von einer Räuberbande überfallen worden, die auf mich geschossen hat, und ich habe Glück gehabt, daß ich ihnen entkommen konnte.«

»Mein armes Kind! Ich habe es dir doch immer gesagt, daß du nicht weit kommen würdest. Aber ich bin froh, dich gesund wiederzusehen, und morgen früh werde ich selbst zum Heere des Königs reiten.«

»Nicht doch, Vater«, sagte da die zweite Tochter, »morgen reite ich, und Ihr könnt mit meinen Schwestern zu Hause bleiben.«

Am nächsten Morgen machte sie sich auf den Weg, aber sie kam auch nicht viel weiter als ihre ältere Schwester und kehrte nach kurzer Zeit erschreckt zurück. Auch sie erzählte, daß sie einer ganzen Räuberbande begegnet wäre, die auf sie geschossen und sie verfolgt hätte. Sie wußte ja nicht, daß es ihr Vater war, der ihren Mut erproben wollte. »Jetzt bin ich aber an der Reihe«, sagte die Jüngste, »gleich morgen früh reite ich weg.« – »Mein liebes Kind«, antwortete der Vater, »du siehst doch, wie es deinen Schwestern ergangen ist.«

»Das kümmert mich nicht, Vater!« Und wahrhaftig brach sie am nächsten Morgen auf – resolut und mit mutigem Herzen. Ihr Vater erwartete sie schon hinter dem Gebüsch am Straßenrand und spannte den Hahn seiner Büchse, als er sie kommen sah. Aber anstatt ängstlich umzukehren wie ihre Schwestern, gab das Mädchen seinem Pferd die Sporen und ritt im Galopp davon. Als sie in Paris ankam, begab sie sich zum König und sprach: »Mein Vater ist alt und krank und schickt nun mich, seinen Sohn, an seiner Stelle.«

»Dies ist mir sogar lieber«, antwortete der König. Sie erlernte das Waffenhandwerk und machte so rasche Fortschritte, daß sie schon bald befördert wurde. Nach einem Jahr war sie bereits Hauptmann. Niemand wußte jedoch, daß sie ein Mädchen war, man nannte sie nur »le Capitaine Lixur«.

Eines Tages, als im Schloßhof eine große Heerschau abgehalten wurde und die Königin von ihrem Balkon herab zuschaute, bemerkte sie den jungen Hauptmann, der ihr so gut gefiel, daß sie ihn zum Pagen haben wollte. Der König willigte gerne ein, und so wurde Capitaine Lixur ihr Page.

Der schöne Page begleitete sie überall. Sie ließ sich von ihm Lieder singen und Geschichten aus seiner Heimat erzählen, und an allem fand sie großen Gefallen. Bald verliebte sich die Königin in den Pagen, hielt ihm zärtliche Reden und warf ihm sehnsüchtige Blicke zu. Doch Capitaine Lixur tat, als ob er nichts verstünde. Die Höflinge wurden bald mißgünstig. Sie beratschlagten, wie sie ihn loswerden könnten, und kamen auf den Gedanken, ihn beim König zu verleumden. Einer von ihnen ging zum König und sagte: »Sire, wenn Ihr wüßtet, womit ›le Capitaine Lixur‹ sich gebrüstet hat!« – »Nun, womit denn?«

»Er sagt, er könne den wilden Eber töten, der soviel Schaden in Euren Wäldern anrichtet.«

»Das ist ganz und gar unmöglich! Ein so schreckliches Tier, das bereits ein ganzes Regiment Soldaten in die Flucht geschlagen und verwundet hat, als es eingefangen werden sollte!«

»Aber ich versichere es Euch, Sire, er prahlt, er könne leicht mit dem wilden Eber fertig werden.« – »Wenn er so spricht, so muß er auch danach handeln, sonst verdient er den Tod. Sagt ihm, er möge sogleich vor mir erscheinen!«

Der Page trat vor den König, und der sprach zu ihm: »Capitaine Lixur, du hast dich gerühmt, du könntest den wilden Eber bezwingen, der mein ganzes Land verwüstet.«

»Sire, so etwas habe ich nie gesagt!«

»Doch, du hast es gesagt, und nun mußt du es auch tun, sonst bleibt dir nur der Tod. Du sollst alles bekommen, was du dazu brauchst, aber nun geh und befreie mich von diesem Ungeheuer, das mir mehr Schaden zufügt als ein ganzes feindliches Heer.« Da mußte Capitaine Lixur gute Miene zum bösen Spiel machen. Er nahm seine Waffen, bestieg sein Pferd und schlug traurig und in Gedanken versunken den Weg zum Wald ein. Als er den Waldrand erreicht hatte, stieg er vom Pferd und setzte sich an einer Quelle nieder, um zu essen und zu trinken; vielleicht würde ihm mit den Kräften auch der Mut wachsen, dachte er, denn ihm war recht ängstlich zumute.

Kaum hatte er sich gesetzt, da sah er ein altes, ärmlich gekleidetes Mütterchen auf sich zukommen, das stützte sich auf einen Stock und humpelte mühsam näher. »Edler Herr, gib mir doch ein paar Brosamen von deiner Mahlzeit ab, ich komme fast um vor Hunger.« – »Aber gern, Mütterchen!«

Er gab der Alten Weißbrot und Speck zu essen und roten Wein zu trinken. Als sie alles gegessen hatte, sprach sie: »Edler Herr, es soll dich nicht gereuen, mich so zu bewirten, und es wird dir noch einmal zu deinem Glück gereichen. Ich kenne den Grund deines Kummers. Der König hat dir befohlen, den Eber, den bis jetzt noch niemand bezwingen konnte, tot oder lebendig zu bringen. Gelingt es dir nicht, kostet es dich dein Leben. Ich werde dir helfen. Höre mich an: Wenn du nun in den Wald kommst, wirst du gen Mittag zu einer uralten verlassenen Kapelle kommen; sie ist von Dornen und Unkraut völlig überwachsen. Jeden Tag genau zur Mittagsstunde kommt der Eber und wälzt sich auf dem geweihten Altar, der jetzt am Boden liegt. Verstecke dich hinter der Tür, und wenn der Eber in der Kapelle ist, stoße die Tür zu und schiebe den Riegel vor. Laufe dann an das kleine Fenster gen Sonnenaufgang. Wenn du da hindurchschaust, siehst du den Eber auf dem Altar liegen. Er ist schwarz und hat mitten auf der Stirn ein weißes Zeichen. Auf dieses Zeichen mußt du zielen. Wenn du ihn getroffen hast, wird er unter entsetzlichem Gebrüll sein Leben aushauchen.« Capitaine Lixur bedankte sich bei der Alten, bestieg sein Pferd, ritt in den Wald und hatte die alte, verfallene Kapelle bald gefunden.

Genau zur Mittagsstunde stürmte der Eber heran. Capitaine Lixur schloß die Tür zu, zielte dann von dem kleinen Fenster auf den Eber und tötete ihn auf der Stelle. Dann lud er das Ungeheuer auf sein Pferd und ritt in den Palast des Königs zurück. Als man ihn mit dem toten Eber in die Stadt reiten sah, verbreitete sich die Kunde in der Stadt, und überall war Jubel und Freude. Alle riefen ihm zu: »Vivat, Vivat! Es lebe Capitaine Lixur, der uns von dem wilden Eber befreit hat.« Auch der König war glücklich, und Capitaine Lixur mußte mit ihm an einer Tafel speisen. Indessen wuchs die Liebe der Königin zu ihrem schönen und tapferen Pagen von Tag zu Tag, aber alle ihre Zärtlichkeiten und Liebesworte nützten ihr nichts, so daß sie eines Tages ärgerlich fragte: »Capitaine Lixur, aus welchem Land kommst du?« – »Aus der Basse-Bretagne.«

»Gibt es denn dort auch kluge Männer?« – »Oh, Frau Königin, so viele wie in keinem anderen Land der Welt.« –»So, das könnte man wirklich nicht glauben, wenn man dich erlebt.«

Er gab keine Antwort. Die Königin war wütend und ging zum König. Sie sprach: »Sire, wenn Ihr wüßtet, womit sich Capitaine Lixur wiederum gebrüstet hat!« – »Nun, womit denn?«

»Er hat geprahlt, er könne das Einhorn fangen, genau wie den wilden Eber, und es an Euren Hof bringen.«

»Er muß völlig den Verstand verloren haben, daß er dies behauptet. Das Einhorn hat mit seinem Horn neun hintereinanderstehende Eichbäume durchbohrt, und es hat mir meine vielen Regimenter zerstört, die ich ausschickte, es zu fangen.«

»Er hat es ganz gewiß behauptet. Ja, er würde selbst den Mond vom Himmel holen, wenn Ihr es ihm befehlen würdet!«

»Nun schickt ihn zu mir, denn wenn er damit geprahlt hat, muß er es auch tun. Er würde mir wahrhaftig einen großen Dienst erweisen, wenn er mich von dem Einhorn befreite.«

Capitaine Lixur wurde zum König befohlen. »Capitaine Lixur«, sprach der König, »du hast dich gerühmt, mir das Einhorn zu fangen, wie du es mit dem wilden Eber getan hast.«

»Sire, niemals habe ich das gesagt. Diejenigen, die das behaupten, wollen mich gewiß verderben!«

»Der mir das von dir gesagt hat, lügt nicht. Steh zu deinem Wort, sonst ist dir der Tod gewiß.«

Am nächsten Morgen bei Sonnenaufgang machte er sich bestürzt und traurig auf den Weg. Als er am Waldrand angelangt war, setzte er sich wieder an die Quelle, um zu essen und zu trinken. Bald sah er die alte Waldfrau auf ihren Stock gestützt herankommen. Bei ihrem Anblick faßte er neuen Mut. Wieder gab er ihr zu essen und zu trinken. Sie aber sprach: »Mein armes Mädchen« – denn die weise Frau wußte wohl, wen sie in Wahrheit vor sich hatte –, »deine Aufgabe ist sehr gefährlich. Aber wenn du meinem Rat folgst, kannst du die Prüfung bestehen; darum höre gut zu: Genau zur Mittagsstunde kommt das Einhorn von Süden herangestürmt, du wirst seinen Schrei hören, der alle Tiere des Waldes vor Angst beben läßt.

Auch die neun großen Eichbäume wirst du sehen, die in einer Linie stehen und deren mächtige Stämme von vielen Löchern durchbohrt sind. Jeden Tag erprobt es an ihnen seine Kraft. Verstecke dich hinter dem letzten Baum, zur Seite des Stammes, damit du nicht selbst durchbohrt wirst. Das Einhorn wird einen Anlauf nehmen, einen gewaltigen Schrei ausstoßen und sich von Mittag her auf die Eichbäume stürzen. Sein Horn wird dann aus dem neunten Baum herausragen. Stürze dich dann auf das Tier und schlage ihm mit deinem Schwert den Kopf ab. Fürchte dich nicht, denn es braucht eine Weile, um sein Horn wieder aus den Baumstämmen herauszuziehen. Doch achte darauf, daß es dich nicht sieht, bevor es sein Horn in die Bäume stößt, denn ein einziger Blick des Einhorns tötet. Nun geh, mein Kind, du wirst sehen, es wird gelingen.«

Mit diesen Worten entfernte sich die Alte. Capitaine Lixur hatte wieder neuen Mut gefaßt. Er betrat den Wald und sah die neun Eichbäume. Schon nahte die Mittagsstunde, und er versteckte sich hinter dem letzten Baum gen Mitternacht. Bald darauf vernahm er einen so fürchterlichen Schrei, daß er vor Schreck erstarrte, obwohl er sonst nicht ängstlich war. Einen Augenblick später kam das Einhorn heran. Es nahm einen Anlauf, stürzte sich auf die Eichbäume, und die Spitze seines Hornes kam aus dem letzten Stamm so nahe neben Capitaine Lixur heraus, daß seine Haut verletzt wurde. Er aber schlug mit seinem Schwert dem Einhorn den Kopf ab.

Er lud den Körper des Tieres auf sein Pferd und ritt in die Stadt. Singend und jubelnd kamen ihm die Menschen entgegen und geleiteten ihn zum Schloß. Der König erwartete ihn am Schloßtor und umarmte ihn vor allem Volk. Dann gab er ein großes Gastmahl für die ganze Stadt. Gern hätte der König den tapferen Helden zum General ernannt, doch die Königin gab ihre Rechte nicht auf, und so tat Capitaine Lixur weiter seine Pagendienste. Nun kannte die Leidenschaft der Königin keine Grenzen mehr, sie küßte ihn vor aller Welt und hielt ihm verliebte Reden. Capitaine Lixur blieb jedoch unbewegt, was die Königin bis zur Verrücktheit reizte.

»Oh, dieser dumme Bretone«, rief sie, »so verachtet er mich, aber er wird mir dafür bezahlen.« Wieder lief sie wütend zum König. »Sire, Sire«, rief sie, »Capitaine Lixur prahlt jetzt schon, er könne Euch den Satyr bringen, das seltsame Ungeheuer, das Euer ganzes Königreich verwüstet und in Schrecken versetzt!«

»Das kann doch nicht sein«, sagte der König ungläubig. »Laßt mir Capitaine Lixur in Frieden! Beinahe könnte ich glauben, Ihr wünscht seinen Tod. Ich kann nicht glauben, daß er sich dessen gerühmt hat.«

»Ich selbst habe es gehört, daß er damit herumgeprahlt hat, er könnte Euch den Satyr gefangennehmen! Dieses Ungeheuer fügt Euch und Eurem Land zuviel Schaden zu. Nehmt die Gelegenheit wahr, daß jemand kommt und Euch von ihm befreien will!«

»Wenn es wahr ist, was Ihr sagt, dann hat Capitaine Lixur jetzt wirklich den Verstand verloren. Der Satyr ist ein Ungeheuer, wie es kein zweites in der Welt gibt. Es verbreitet Öde und Leere rings um sich her, denn sein Gift und sein übler Geruch tötet alles Leben im Umkreis von sieben Meilen. Alle Heere, die ich nach ihm ausgesandt habe, hat es umgebracht.«

»So seid froh, wenn einer Euch von ihm erlösen will!« rief die Königin aus.

»So schickt mir Capitaine Lixur!« seufzte der König. Dieser erschien beim König. »Capitaine Lixur«, sprach der König, »nun hast du dich gerühmt, den Satyr bezwingen zu können, wie du es mit dem Eber und dem Einhorn getan hast!«

»Oh, Sire, ich habe nie im Leben so etwas Vermessenes gesagt! Wer Euch das erzählt hat, er trachtet mir nach dem Leben!«

Die Königin, die zugegen war, log frech: »Er hat es mir selbst gesagt, daß er mit dem Satyr fertig werden kann.«

»Hörst du es?« sprach der König, »bring mir das Ungeheuer oder du mußt sterben.«

Capitaine Lixur fügte sich in sein Geschick und sprach: »Wenn es so ist, will ich lieber noch von dem Satyr als von Euren Soldaten getötet werden. Bekomme ich alles, was ich brauche, um das Abenteuer zu wagen?«

»Du sollst alles bekommen, was du nötig hast.«

»Ich brauche ein gutes Pferd für mich selbst und sieben weitere Pferde, jedes beladen mit Silber.«

»Ich werde dem Schatzmeister Anweisung geben.« Capitaine Lixur bestieg am nächsten Morgen sein Pferd und machte sich auf den Weg; in einer langen Reihe folgten ihm die sieben Lastpferde mit den Säcken voll Silber. Nach einigen Tagen gelangte er an den Rand des Ardenner Waldes, in dem der Satyr hauste. Er stieg vom Pferd und setzte sich an eine Quelle, um sich noch einmal zu stärken, bevor er den Wald betrat. Er war sehr besorgt, denn auf dem ganzen Weg war ihm die alte Waldfrau nicht begegnet, und nun hatte er wenig Hoffnung, sie noch zu sehen, denn er war weit von dem Ort entfernt, an dem er sie die anderen Male getroffen hatte. Aber plötzlich erschien sie doch. Er ging ihr voller Freude entgegen, und beide aßen und tranken zusammen.

Die Alte sprach: »Man stellt dich auf eine harte Probe. Daran ist nur die Königin schuld. Doch ihre Stunde wird auch noch kommen. Nun schickt man dich aus, den Satyr im Ardenner Wald zu fangen. Viele tapfere Helden haben dies schon versucht und ihr Leben dabei verloren. Doch du wirst es glücklich bestehen, wenn du meinem Rat folgst. Höre gut zu: Sieben Meilen von hier wohnt das Ungeheuer in einer finsteren Höhle mitten im Wald. Kein Lebewesen kann sich ihm auf sieben Meilen im Umkreis nähern, denn der üble Geruch, den es ausströmt, und sein tödliches Gift verpesten alles. Aber nimm diese Salbe und reibe dich damit ein, so kann dir das Gift nichts anhaben. Die größte Gefahr droht dir von den Augen des Ungeheuers, denn ein einziger Blick von ihm tötet. Zur Mittagszeit kommt der Satyr aus seiner Höhle heraus, um sich zu sonnen. Jedes Auge erblindet sogleich, wenn es das von der Sonne beschienene feuerrote Tier erblickt. Wen aber ein Blick des Ungeheuers trifft, der fällt tot um. Vermeide deshalb, daß dich das Ungeheuer ansieht. In der Nacht, wenn der Satyr schläft, mußt du neun große Kupferbecken mit süßer Milch füllen. Diese stelle auf dem Weg zwischen der Höhle und dem mächtigen Eichbaum auf. Streue zwischen die Becken Brotbrocken, die du vorher in die süße Milch getaucht hast. Wenn du das getan hast, steige auf den Eichbaum und warte. Der Satyr wird die süße Milch trinken und dadurch seinen üblen Geruch und sein Gift verlieren. Wenn es die Brotbrocken frißt, wird es den Blick nicht von der Erde lösen. Hat er das letzte Becken leer getrunken, dann rufe: ›So, Satyr, nun bist du gefangen!‹ Er wird den Kopf heben und dir zulächeln. Steige dann rasch vom Baum herab und lege ihm ein Halfter an, und er wird dir sanftmütig wie ein Lamm bis an den Königshof folgen. Dort wird er Wahrheiten verkünden, die alle Welt in Verwunderung versetzen werden. Wenn du dies alles befolgst, wird dir das Abenteuer gelingen. Lebe wohl.« Und plötzlich war die alte Waldfrau verschwunden. Capitaine Lixur befolgte die Ratschläge der Alten. Am Morgen war er mit den Vorbereitungen fertig, er stieg auf den Eichbaum und wartete.

Im ganzen Wald hörte und sah man kein einziges Lebewesen, so sehr war die Luft verpestet, aber die Salbe, mit der er sich eingerieben hatte, schützte ihn gegen das Gift. Zur Mittagsstunde kam der Satyr aus seiner Höhle heraus, um sich zu sonnen. Er war feuerrot. Als er die vielen Becken sah, näherte er sich dem ersten, schnupperte daran und trank es gierig aus. Dann wurden auch die anderen mit der gleichen Geschwindigkeit geleert. Sowie die Milch verschwand, reinigte sich auch die Luft, und man konnte wieder atmen. Als das letzte Becken geleert war, rief Capitaine Lixur: »So Satyr, nun bist du gefangen!« Da hob dieser den Kopf und lachte. Capitaine Lixur stieg vom Baum, legte dem Satyr ein Halfter um und sprach zu ihm: »Folge mir an den Hof des Königs!« Und der Satyr folgte ihm sanftmütig nach. Kaum hatten sie den Wald verlassen, da begegnete ihnen auf der Straße ein Leichenzug, der ein kleines Kind auf den Friedhof geleitete. Die Priester gingen singend voran. Vater und Mutter und die ganze Verwandtschaft folgten weinend. Da begann der Satyr zu lachen. Warum lacht er nur, wenn alle anderen weinen, fragte sich der Capitaine. Sie zogen weiter, und als sie durch eine kleine Stadt kamen, wurde gerade der Galgen für einen Übeltäter aufgerichtet, und von allen Seiten eilten die Leute herbei, die bei der Hinrichtung zuschauen wollten. Da begann der Satyr zu weinen.

Was bedeutet das nur, fragte sich der Capitaine. Alles lacht und er weint. Etwas später kamen sie an das von einem gewaltigen Sturm aufgewühlte Meer und sahen, wie ein Schiff unterging. Die Mannschaft streckte flehend die Hände zum Himmel empor, und wieder lachte der Satyr. Capitaine Lixur fragte sich, wer der Satyr wohl sein möge. Wenn er Gutes sieht, weint er, und wenn er Schlimmes sieht, lacht er. Ist er gar der Teufel? Sie zogen weiter ihres Weges.

Wie ein Lauffeuer verbreitete sich die Kunde in der Stadt, daß der Capitaine Lixur mit dem gefangenen Satyr auf dem Weg war. Eine große Menschenmenge eilte ihm entgegen und jubelte ihm zu. Als man sah, wie friedlich der Satyr dem Capitaine folgte, erstaunte alles. Und als der Satyr in den Schloßhof geführt wurde, hob er den Kopf und lächelte der Königin zu, die auf ihrem Balkon mit zwei Hofdamen stand, als ob er sie kennen würde. Darüber erstaunten alle.

Sieben Tage lang gab es große Festlichkeiten für das ganze Volk. Als die sieben Tage verstrichen waren, sagte der Satyr zum Capitaine: »Führe mich nun vor den König, ich werde ihm seltsame Dinge sagen.«

Am nächsten Tag hatte sich die ganze Stadt eingefunden, um den Satyr sprechen zu hören. Der König saß hoch zu Roß mitten im Schloßhof, umringt von seinen Höflingen und den Generälen. Die Königin schaute von ihrem Balkon herab, neben ihr standen die beiden Hofdamen, die sich nie von ihr trennten.

Als die Schloßuhr zwölf geschlagen hatte, sprach Capitaine Lixur: »Satyr, sage in Gegenwart des Königs und des ganzen Volkes, warum lachtest du, als wir damals aus dem Walde kamen und dem Leichenzug eines kleinen Kindes begegneten?«

Da erwiderte der Satyr: »Wenn Ihr wüßtet, was ich weiß, dann hättet ihr alle gleichfalls gelacht. Ich lachte, weil der wirkliche Vater des Kindes als Sakristan voranging und sang, während der Pflegevater hinter der Bahre ging und weinte.« Da lachten alle.

»Und warum weintest du, als man den Verbrecher zum Galgen führte?«

»Ich weinte, weil dieser Mann, der so viel Böses getan hatte, keine Reue verspürte und den Priester nicht einmal anhören wollte. Ich sah, wie der Teufel schon wartete, um seine Seele fortzutragen.« – »Entsetzlich«, murmelte das Volk.

»Und warum lachtest du, als die verzweifelte Schiffsmannschaft die Hände rang?« – »Ich lachte, weil ich sah, wie über jedem der Todgeweihten schon ein Engel wartete, um seine Seele in den Himmel zu tragen.«

Die Menschen staunten über die Weisheit des Satyrs und fragten sich, was das für ein seltsames Wesen sei. Aber der Capitaine Lixur fragte weiter: »Und warum lachtest du, als wir den Schloßhof betraten und du die Königin mit ihren beiden Hofdamen auf dem Balkon sahst?« Der Satyr erwiderte: »Ich werde auch hier die ganze Wahrheit sagen!«

Da rief die Königin von ihrem Balkon herab: »Führt dieses häßliche Ungeheuer hinweg!«

»Nein, es soll bleiben und weitersprechen«, sprach der König, »denn was es sagt, ist voller Weisheit.«

»Als ich die Königin mit ihren beiden Hofdamen sah, habe ich gelacht, weil diese in Wahrheit verkleidete Männer sind.«

Zuerst sahen sich alle Leute erstaunt an, dann lachten alle laut heraus, und jedermann blickte zu dem Balkon, auf dem die Königin mit den Hofdamen gestanden hatte – jetzt waren sie verschwunden. Der König aber war in höchstem Zorn.

»Noch ein Wort«, sprach der Satyr. »Als der Capitaine mich im Walde gefangennahm, da habe ich auch gelacht, als ich ihn auf seinem Baum sitzen sah.«

»Und weshalb lachtest du darüber?« fragte der König. »Weil Ihr dachtet, Ihr hättet einen kühnen Helden ausgesandt, mich zu fangen, und dabei war es ein zartes Mädchen, denn nur von einer Jungfrau konnte ich überwunden werden.«

Aber der König rief aus: »Worte allein genügen nicht, es soll überprüft werden, ob deine Worte wahr sind.«

Da stellte es sich tatsächlich heraus, daß die Hofdamen verkleidete Männer waren und Capitaine Lixur ein Mädchen. Und es zeigte sich, daß der Satyr die Wahrheit gesprochen hatte.

Da sprach der König: »Nun, wenn es so ist, soll jeder behandelt werden, wie es ihm zukommt. Entfacht ein großes Feuer und werft die zwei Hofdamen hinein und die Königin mit ihnen. Morgen werde ich mich mit Capitaine Lixur vermählen, er soll nun meine Frau und euer aller Königin werden!«

Das ganze Volk klatschte den Worten des Königs Beifall, und alles geschah, wie er es gesagt hatte. Der Satyr aber blieb am Königshofe und wurde höchster Minister.

Märchen aus der Bretagne

Die trauernde Königin

Zwei Männer lagen gebunden in der Felsensenke hinter der großen Wand von Dun Scaith auf der Insel des Nebels. Der eine war Ulrik der Skalde, der andere war Connla der Harfner. Nur sie beide blieben am Leben, als auf dem Minch die Galeeren untergingen und der Gäle und der Galler in den blutgeröteten Wogen versanken. Eine lange Stunde schaukelten sie auf den Wellen und auf derselben Spiere – dem Mast des »Todesraben«, auf welchem Sven mit dem langen Haare von den Inseln im Norden herangesegelt war, mit zwanzig Galeeren und zwanzig Männern in jeder. Farcha der Schweigsame war ihm begegnet mit vierzig Galeeren und zehn Männern in jeder. Als die Sonne im Süden stand, begann das Gefecht, und es währte, bis sie tief im Westen hing. Dann waren nur der »Todesrabe« und der »Schaumstreifer« übrig. Ulrik saß bei Sven und sang das Todeslied und das Lied der Schwerter; Connla saß bei Farcha und sang das hohe Lied des Siegers. Als die Galeeren aneinanderprallten inmitten der blutigen Trümmer auf der See, wo Speere sich erhoben und niederfielen wie die Äste und Zweige eines Waldes im Sturm, und wo Menschenhaar in schwarzen Strähnen über wilden Augen und blutüberströmten Gesichtern klebte, sprang Sven auf den »Schaumstreifer« und hieb einem Speermann, der nach ihm stach, das Haupt ab, so daß es in die See fiel und der Mann ohne Kopf wie gelähmt dastand und unschlüssig einen müßigen Speer wiegte. Aber während er das tat, strauchelte er, und Farcha durchstach ihn mit seinem Speer. Der Speer heftete Sven an den Mast. Dann traf ihn ein Pfeil aus der See quer über die Augen, und er sah nichts mehr; und als der »Schaumstreifer« sank und den »Todesraben« mit sich zog, da trafen sich die beiden Könige; aber Farcha war jetzt wie ein schwerer Fisch, der hin und her schwingt, und Sven dachte, der Leib wäre der Leib Gunhildens, die er liebte, und bemühte sich, ihn zu küssen, aber er konnte es nicht wegen des Speeres und der sieben Pfeile, die ihn an den Mast nagelten. Als der Mond aufging, lagen die Wasser in einer weißen Ruhe. Mitten in der See zog ein breiter Schatten gen Norden: die wandernde Myriade des Heringsschwarms. Als Ulrik der Skalde vom Mast sank, ergriff Connla der Harfner ihn beim Haar und ließ ihn atmen, so daß er am Leben blieb.

Als daher zwei Speere herantrieben, griff niemand nach ihnen. Später sprach Connla: »Einer zerrt mich an den Füßen, es ist einer von euren toten Männern, der mich ertränkt.«

Darauf holte Ulrik tief Atem und machte sein Herz erstarken; dann griff er einen der Speere, stieß ihn hinab und traf den toten Mann, dessen Haar die Füße Connlas umwickelte, so daß der Tote versank.

Als sie Rufe hörten, dachten sie, die Galeeren wären wiedergekommen oder andere von Svens Schar oder von Farchas; aber als sie aus der See gezogen wurden und nach den Sternen starrend dalagen, wußten sie nichts mehr, denn Töne schwammen in ihren Ohren und Nebel kam in ihre Augen, und es war, als ob sie hinabsänken durch das Boot und durch die See und durch die unendliche öde Leere unter der See und dort wie zwei Federn wären, nutzlos hingeweht unter matten Sternen.

Als sie erwachten, war es Tag, und ein Weib stand und blickte sie finster an. Sie war hoch und von großer Kraft; höher denn Connla, stärker denn Ulrik. Langes schwarzes Haar fiel über ihre Schultern, die gleich ihrer Brust und ihren Lenden mit blasser Bronze bedeckt waren. Ein rot und grüner Mantel fiel von ihrer rechten Schulter herab und wurde durch eine große, goldene Spange festgehalten. Ein gelbes Geflecht aus Gold umwand ihren Nacken. Ein dreispitziges Geflecht aus Gold bedeckte ihr Haupt. Ihre Schenkel waren mit hirschledernen Riemen umwickelt, und ihre Füße trugen Hüllen aus Kuhfell voll roter Flecken.

Ihr Antlitz war blaß wie Wachs und von einer seltsamen und fürchterlichen Schönheit. Sie konnten nicht lange in ihre Augen sehen, die schwarz waren wie Finsternis mit einer roten Flamme, die darin flackert. Ihre Lippen waren zart geschwungen und glichen schmalen, scharf abgegrenzten Linien von Blut in der weißen Stille ihres Angesichts.

»Ich bin Scathach«, sagte sie, nachdem sie die beiden lange betrachtet hatte. Jeder von ihnen kannte diesen Namen, und das Herz eines jeden war wie ein Vogel vor dem Garnsteller. Wenn sie vor Scathach, der Königin der Kriegerinnen aus der Insel des Nebels, standen, so wäre es besser gewesen, im Wasser zu sterben. Die grauen Felsen von Dun Scaith waren braunrot vom alten Blut der erschlagenen Kriegsgefangenen.

»Ich bin Scathach«, sagte sie. »Schaue ich auf Sven von Lochlann und Farcha von den Inseln der Mitte?«

»Ich bin Ulrik der Skalde«, antwortete der Nordmann. »Ich bin Connla der Harfner«, antwortete der Gäle. »Ihr sterbt heute nacht«, sprach Scathach und betrachtete die beiden wieder schweigend und finster eine lange Zeit.

Zur Mittagszeit brachte ein Weib ihnen Milch und geröstetes Elchfleisch. Sie war schön anzusehen, obgleich eine Narbe quer über ihr Angesicht lief. Sie entsandten sie an Scathach mit einer Bitte um Gnade; sie wollten Heloten sein und den Weibern zum Gebären verhelfen. Denn sie kannten den Brauch. Aber das Weib kehrte mit demselben Bescheide zurück.

»Es geschieht, weil sie Cuchullin liebte«, sagte die Frau, »und er war ein Dichter und sang Lieder und spielte Weisen, wie Ihr es tut. Er war aber schöner als Ihr, Mann mit dem gelben Haar, und Ihr, Mann mit dem langen, dunklen Haar; und Ihr habt Erinnerungen in Scathachs Seele gelegt. Aber sie will Eurem Harfenspiel und Gesang lauschen, bevor Ihr sterbt.«

Als die Dunkelheit kam und der Tau fiel, sprach Ulrik zu Connla: »Das Roß Reifmähne schweift zwischen den Sternen, denn der Schaum fällt von seinem Maule.« Connla fühlte das Fallen des Taus.

»So war es in der Nacht, als ich liebte«, sagte er mit leiser Stimme. Ulrik konnte Connlas Gesicht nicht sehen wegen der Schatten. Aber er hörte leises Schluchzen und wußte, daß Connlas Gesicht naß war von Tränen. »Auch ich liebte«, sagte er; »ich habe viele Frauen geliebt.«

»Es gibt nur eine Liebe«, antwortete Connla leise; »an diese denke ich und heg' ich Erinnerung.«

»Davon weiß ich nichts«, sagte Ulrik. »Ein Weib liebte ich heiß, solange als sie jung und schön war. Aber eines Tages begehrte sie eines Königs Sohn, und ich überraschte sie in einem Wald auf einer Klippe an der See. Ich legte meine Arme um sie und sprang von der Klippe hinab. Sie ertrank. Ich zahlte kein Sühnegeld.«

»Es gibt kein Alter für die Liebe meiner Liebe«, sagte Connla sanft; »sie war schöner als das Licht im Westen.« Und über ihrer großen Schönheit vergaß er den Tod und seine Fesseln. Als die Kriegerinnen sie hinausführten an den Strand, blickte Scathach sie an, von dort wo sie saß, bei dem großen Feuer, das auf dem Sande lohte. Man hatte ihr erzählt, was sie miteinander gesprochen hatten. »Singe das Lied von deiner Liebe«, sagte sie zu Ulrik.

»Was kümmert mich irgendein Weib in der Stunde meines Todes?« antwortete er mürrisch. »Singe das Lied von deiner Liebe«, sagte sie zu Connla. Connla schaute auf sie und auf das große Feuer, um das die wildblickenden Weiber standen und ihn anstarrten, und auf die stillen, leblosen Sterne. Der Tau fiel auf ihn. Dann sang er:

Ist's denn eine Zeit, wo die Stunde eilt, wie ein Hund
vom Kriegswagen stürmt in die Fernen?
Ist's denn eine Zeit, wo die Stunde eilt, wie der weiße
Hund mit den Augen, den düstern?
Denn ist's nicht die Zeit, will nutzen diese Stunde,
die mir übrig ist unter den Sternen,
um wieder zu träumen den Lieblingstraum und
zuletzt einen Namen zu flüstern.
Es ist der Name einer, die schöner war, als Jugend
dem Alten, als Leben dem Jungen,
schöner als Angus des Herrlichen erste Liebe,
und wäre ich taub und blind –
hundert Menschenalter –, ich würde sie sehn,
schöner als je ein Dichter gesungen,
ihre Stimme hören wie Klagegesang, hergetragen
vom Wind.

Es herrschte Schweigen. Scathach saß, ihr Gesicht zwischen ihren Händen haltend, und starrte in die Flamme. Sie erhob ihr Antlitz nicht, als sie sprach. »Nehmt Ulrik den Skalden«, sagte sie zuletzt, und dabei starrten ihre Augen immer noch in die Flamme, »und gebt ihn dem Weibe, das nach ihm verlangt, denn er weiß nichts von Liebe. Wenn kein Weib nach ihm verlangt, stoßt einen Speer durch sein Herz, daß er einen leichten Tod habe. Aber nehmt Connla den Harfner, weil er alles erkannt hat, indem er das eine erkannte und nichts mehr zu erkennen hat und über uns hinaus ist; und legt ihn auf den Sand, sein Gesicht den Sternen zugekehrt, und werft rote Feuerbrände auf seine nackte Brust, bis sein Herz zerspringt und er stirbt.«

So starb Connla der Harfner schweigend, wo er lag auf dem mondbestrahlten Sande, rote Asche und flammende Brände auf seiner nackten Brust und sein Antlitz weiß und still wie die Sterne, die auf ihn herabschienen.

Märchen aus Irland

Schicksalsfrauen, Grosse Mutter, Göttinnen

Die Märchen und Mythen dieses Kapitels zeigen Bild und Wirken der weiblichen Gottheiten sehr klar und deutlich. In diesen Märchen und Mythen zeigt sich das Bild der Göttinnen von ihrer lichten, helfenden Seite. Nicht nur Frauen nehmen sie in Schutz, auch männlichen Helden versagen sie ihre Hilfe nicht.

Die zwölf Töchter

Es war einmal ein armer Häusler, der zwölf Töchter hatte, unter ihnen zwei Paar Zwillinge. Die hübschen Mädchen waren alle gesund und frisch und von zierlichem Wesen. Da die Eltern es so knapp hatten, mochte es manchem unbegreiflich sein, wie sie den vielen Kindern Nahrung und Kleidung schaffen konnten. Die Kinder waren täglich gewaschen und gekämmt und trugen immer reine Hemden. Einige meinten, der Häusler habe einen heimlichen Schatzträger, andere hielten ihn für einen Hexenmeister, wieder andere für einen Windzauberer, der im Wirbelwinde einen verborgenen Schatz zusammenzuraffen wußte. In Wahrheit aber verhielt sich die Sache ganz anders.

Die Frau des Häuslers hatte eine heimliche Segenspenderin, welche die Kinder nährte, säuberte und kämmte. Als sie nämlich noch als Mädchen auf einem fremden Bauernhofe diente, sah sie drei Nächte hintereinander im Traume eine stattliche Frau, welche zu ihr trat und ihr befahl, in der Johannisnacht zur Quelle des Dorfes zu gehen. Sie hätte nun wohl auf diesen Traum nicht weiter geachtet, wenn nicht am Johannisabend ein Stimmchen ihr immerwährend wie eine Mücke ins Ohr gesummt hätte: »Geh zur Quelle, geh zur Quelle, wo deines Glückes Wasseradern rieseln!« Obgleich sie den heimlichen Ratschlag nicht ohne Schrecken vernahm, faßte sie sich doch endlich ein Herz, verließ die andern Mädchen, die bei der Fiedel um das Feuer herumlärmten, und schritt auf die Quelle zu. Aber je näher sie kam, desto banger wurde ihr ums Herz; sie wäre umgekehrt, wenn ihr das Mückenstimmchen Ruhe gelassen hätte. Tapfer ging sie weiter. Als sie zur Quelle kam, sah sie eine Frau in weißen Kleidern auf einem Stein sitzen. Als die Frau des Mädchens Furcht gewahrte, ging sie ihm einige Schritte entgegen, bot die Hand zum Gruß und sagte: »Fürchte dich nicht, liebes Kind, ich tue dir ja nichts zuleide! Merke auf und behalte genau, was ich dir sage. Auf den Herbst wird man dich freien; der Mann ist so arm wie du, aber mach dir deshalb keine Sorge, sondern nimm seine Werbung an. Da ihr beide gut seid, will ich euch Glück bringen und euch forthelfen; aber seid immer ehrlich und barmherzig, sonst kann euer Glück nicht von Dauer sein. Nimm dieses Säckchen und stecke es in die Tasche, es sind nur einige Steinchen darin. Nachdem du das erste Kind zur Welt gebracht hast, wirf ein Steinchen in den Brunnen, damit ich komme, dich zu sehen. Wenn das Kind zur Taufe geführt wird, will ich zu Gevatter stehen. Von unserer nächtlichen Zusammenkunft laß gegen niemanden etwas verlauten – für dieses Mal sage ich dir Lebewohl!«

Mit diesen Worten war die Fremde entschwunden, als wäre sie unter die Erde gesunken. Vielleicht hätte das Mädchen diese für einen Traum gehalten, wenn nicht das Säckchen in ihrer Hand das Gegenteil bezeugt hätte; sie fand darin zwölf Steinchen.

Die Prophezeiung traf ein, das Mädchen wurde im Herbst verheiratet, und der Mann war ein armer Knecht. Im folgenden Jahre brachte die junge Frau die erste Tochter zur Welt, besann sich, was ihr in der Johannisnacht begegnet war, stand heimlich aus dem Bette auf, ging an den Brunnen und warf ein Steinchen hinein. Sofort stand die Frau weiß gekleidet vor ihr und sagte: »Ich danke dir, daß du mich nicht vergessen hast. Sonntag über vierzehn Tage laß das Kind zur Taufe bringen, dann komme ich auch in die Kirche und will beim Kinde Gevatter stehen.« Als an dem Tage das Kind in die Kirche gebracht wurde, trat eine fremde Dame hinzu, nahm es auf und ließ es taufen. Als dies geschehen war, band sie einen silbernen Rubel in die Windel des Kindes und sandte es der Mutter zurück. Ganz ebenso geschah es später bei jeder neuen Taufe, bis das Dutzend voll war. Bei der Geburt des letzten Kindes hatte die Frau zur Mutter gesagt: »Von heute an wirst du mich nicht mehr schauen, obwohl ich ungesehen täglich um dich und deine Kinder sein werde. Das Wasser des Brunnens wird den Kindern mehr Gedeihen bringen als die beste Kost. Wenn die Zeit herankommt, daß deine Töchter heiraten, so mußt du einer jeden den Rubel mitgeben, den ich zum Patengeschenk brachte. Solange sie ledig sind, sollen sie keinen größeren Staat machen, als daß sie alle Tage saubere Hemden und Tücher tragen.«

Die Kinder wuchsen und gediehen, daß es eine Lust war, sie anzusehen; Brot gab es im Hause zur Genüge, auch zuweilen dünne Zukost, doch am meisten wurden Eltern und Kinder offenbar durch das Brunnenwasser gestärkt. Die älteste Tochter wurde dann an einen wohlhabenden Wirtssohn verheiratet. Wiewohl sie ihm außer der notdürftigsten Kleidung nichts zubrachte, so wurde doch ein Brautkasten gemacht und Kleider und Paten-Rubel hineingelegt. Als die Männer den Kasten auf den Wagen hoben, fanden sie ihn so schwer, daß sie glaubten, es seien Steine darin. Weit mehr aber war die junge Frau erstaunt, als sie im Hause des Bräutigams den Kasten öffnete und ihn mit Stücken Leinwand angefüllt und auf dem Grunde einen ledernen Beutel mit hundert Silberrubeln fand. Dasselbe wiederholte sich nachher bei jeder neuen Verheiratung; und die Töchter wurden bald alle weggeholt, als bekanntgeworden war, welchen Brautschatz eine jede mitbekam.

Einer der Schwiegersöhne war aber sehr habsüchtig und mochte sich mit der Mitgift seiner Frau nicht zufriedengeben. Er dachte nämlich: Die Eltern müssen wohl selbst noch viel Reichtum besitzen, wenn sie schon jeder Tochter so viel mitgeben konnten. Er ging eines Tages zu seinem Schwiegervater und suchte ihm den Schatz abzuzwacken. Der Häusler sagte ganz der Wahrheit gemäß: »Ich habe nichts an Hab und Gut, auch meinen Töchtern konnte ich nichts weiter mitgeben als den Kasten. Was jede in ihrem Kasten gefunden hat, das rührt nicht von mir her, sondern war die Patengabe der Taufmutter, welche jedem Kind an seinem Tauftage einen Rubel schenkte. Diese Liebesgabe hat sich im Kasten vervielfältigt.«

Der habsüchtige Schwiegersohn glaubte den Worten des Schwiegervaters nicht, sondern drohte, vor Gericht die Anklage zu erheben, daß der Alte ein Hexenmeister und ein Windbeschwörer sei, der mit Hilfe des Bösen einen großen Schatz zusammengebracht habe. Da der Häusler ein reines Gewissen hatte, so flößte ihm die Drohung seines Schwiegersohnes keine Furcht ein. Dieser aber klagte wirklich. Das Gericht ließ darauf die andern Schwiegersöhne vorladen und befragte sie, ob jeder von ihnen dieselbe Mitgift erhalten habe. Die Männer sagten aus, daß jeder einen Kasten voll Leinwand und hundert Silberrubel erhalten habe. Das erregte große Verwunderung, denn die ganze Nachbarschaft wußte recht gut, daß der Häusler arm war und keinen anderen Schatz hatte als zwölf hübsche Töchter. Daß diese Töchter von klein auf stets reine weiße Hemden getragen hatten, wußten die Leute wohl, aber niemand hatte sonst einen Prunk an ihnen bemerkt, weder Brustspangen noch bunte Halstücher. Die Richter beschlossen jetzt, die wunderliche Sache näher zu untersuchen, um herauszubringen, ob der Alte wirklich ein Hexenmeister sei.

Eines Tages verließen die Richter, von einer Häscherschar begleitet, die Stadt. Sie wollten das Haus des Häuslers mit Wachen umstellen, damit niemand heraus und kein Schatz auf die Seite gebracht werden könne. Der habsüchtige Schwiegersohn machte den Führer. Als sie an den Wald gekommen waren, in welchem die Hütte des Häuslers stand, wurden von allen Seiten Wachen ausgestellt, die keinen Menschen durchlassen sollten, bis die Sache aufgeklärt sei. Man ließ hier die Pferde zurück und schlug den Weg zur Hütte ein. Der Schwiegersohn mahnte zu leisem Auftreten und zum Schweigen, damit der Hexenmeister nicht aufmerksam werde und sich auf Windesflügeln davonmache. Schon waren sie nahe bei der Hütte, als plötzlich ein Glanz sie blendete, der durch die Bäume drang. Als sie weitergingen, wurde ein großes schönes Haus sichtbar; es war ganz aus Glas, und viele hundert Kerzen brannten darin, obgleich die Sonne schien und es Helligkeit genug gab. Vor der Tür standen zwei Krieger Wache, die ganz in Erz gehüllt waren und lange bloße Schwerter in der Hand hielten. Die Gerichtsherren wußten nicht, was sie denken sollten, alles schien ihnen mehr Traum als Wirklichkeit zu sein. Da öffnete sich die Tür: Ein schmucker Jüngling in seidenen Kleidern trat heraus und sagte: »Unsere Königin hat befohlen, daß der oberste Gerichtsherr vor ihr erscheine.« Obgleich dieser einige Furcht empfand, folgte er doch dem Jüngling ins Haus. Wer beschriebe die Pracht und Herrlichkeit, die sich vor seinen Augen auftat! In der prächtigen Halle, welche die Größe einer Kirche hatte, saß auf einem Throne eine mit Seide, Samt und Gold geschmückte Frau. Einige Fuß tiefer saßen auf kleineren goldenen Sesseln zwölf schöne Fräulein, ebenso prächtig geschmückt wie die Königin, nur daß sie keine goldene Krone trugen. Zu beiden Seiten standen zahlreiche Diener, alle in hellen seidenen Kleidern, mit goldenen Ketten um den Hals. Als der oberste Gerichtsherr unter Verbeugungen näher trat, fragte die Königin:

»Weshalb seid Ihr heute mit einer Schar von Häschern gekommen, als hättet Ihr Übeltäter einzufangen?« Der Gerichtsherr wollte antworten, aber der Schrecken band ihm die Zunge. »Ich kenne die boshafte und lügnerische Anklage«, fuhr die Frau fort, »denn meinen Augen bleibt nichts verborgen. Lasset den falschen Kläger hereinkommen, aber legt ihm zuvor Hände und Füße in Ketten, dann will ich ihm Recht sprechen. Auch die übrigen Richter und die Diener sollen eintreten, damit die Sache offenkundig wird und sie bezeugen können, daß hier niemandem Unrecht geschieht.« Einer ihrer Diener eilte hinaus, um den Befehl zu vollziehen. Nach einiger Zeit wurde der Kläger vorgeführt, an Händen und Füßen gefesselt und von sechs Geharnischten bewacht. Die anderen Gerichtsherren und deren Diener folgten.

Dann begann die Königin also: »Bevor ich über das Unrecht die verdiente Strafe verhänge, muß ich euch erzählen, wie die Sache zusammenhängt. Ich bin die oberste Wasserbeherrscherin, alle Wasseradern, welche aus der Erde quillen, stehen unter meiner Herrschaft. Des Windkönigs ältester Sohn war mein Liebster, aber da sein Vater ihm nicht erlaubte, eine Frau zu nehmen, so mußten wir unsere Ehe geheimhalten, solange der Vater lebte. Da ich nun meine Kinder nicht zu Hause aufziehen konnte, so vertauschte ich jedesmal, wenn des Häuslers Frau niederkam, sein Kind gegen das meine. Des Häuslers Kinder aber wuchsen als Pfleglinge auf dem Hofe meiner Tante auf. Kam die Zeit, daß eine von den Töchtern des Häuslers heiraten wollte, so wurde ein abermaliger Tausch vorgenommen. Jedesmal ließ ich in der Nacht vor der Hochzeit meine Tochter wegholen und dafür des Häuslers Kind hinbringen. Der alte Windkönig lag schon lange krank darnieder, so daß er von unserem Betruge nichts merkte. Am Tauftage schenkte ich jedem Kinde ein Rubelstück, welches die Mitgift im Kasten vermehren sollte. Die Schwiegersöhne waren denn auch alle mit ihren jungen Frauen und dem, was sie mitbrachten, zufrieden, nur dieser habgierige Frevler, den ihr hier in Ketten seht, erlaubte sich, falsche Klage gegen seinen Schwiegervater zu führen. Nun ist der Windkönig gestorben und mein Gemahl zur Herrschaft gelangt. Jetzt brauchen wir unsere Ehe und unsere Kinder nicht länger zu verheimlichen. Hier vor euch sitzen meine zwölf Töchter. Die Pflegeeltern, der Häusler und sein Weib, werden bis an ihren Tod bei mir das Gnadenbrot essen. Aber der verworfene Schwiegersohn, den ich habe fesseln lassen, soll sogleich den verdienten Lohn erhalten. In Ketten soll er in einem Goldberge gefangensitzen, damit seine gierigen Augen das Gold beständig sehen, ohne daß ihm ein Körnchen davon zuteil wird. Siebenhundert Jahre soll er dies erdulden, ehe der Tod ihn erlösen wird. Das ist mein Richterspruch.«

Als die Königin bis dahin gesprochen hatte, hörte man ein Krachen und Donnern, so daß die Erde bebte und die Richter samt ihren Dienern betäubt niederfielen. Als sie wieder zu sich kamen, fanden sie sich zwar in dem Walde, zu welchem der Führer sie geleitet hatte, aber da, wo eben noch das gläserne Haus in aller Pracht gestanden hatte, sprudelte jetzt aus einer kleinen Quelle klares, kaltes Wasser hervor.

Von dem Häusler, seiner Frau und dem habsüchtigen Schwiegersohn ist später nie mehr etwas vernommen worden. Die Witwe des Undankbaren hatte im Herbst einen anderen Mann geheiratet, mit dem sie glücklich lebte bis an ihr Ende.

Märchen aus Estland

Die Stellvertreterin

Vor langer Zeit lebte in einem Kloster im Elsaß eine junge schöne Nonne als Küsterin. Ihre besondere Liebe gehörte der Mutter Gottes. Und so schmückte und pflegte sie deren Altar immer mit besonderer Sorgfalt.

Nun geschah es, daß ein junger Ritter auf dem Rückweg von seiner Wallfahrt nach Santiago de Compostella in das Kloster kam. Bei seinem Gebet in der Kirche sah er die junge Nonne, die gerade beim Schmücken des Mutter-Gottes-Altars war. Von diesem Augenblick an war er ihr in Liebe zugetan. Er kam jeden Tag in die Kirche und sie sprachen miteinander. Da begann auch sie, ihn zu lieben.

Der Ritter bat seine Liebste immer wieder, daß sie doch mit ihm in seine Heimat gehen möge. Er würde sie dort auch wie seine Gemahlin halten und sie würden glücklich miteinander sein. Lange Zeit widerstand sie seinen Bitten. Zuletzt aber gab sie seinen Bitten nach. In der Nacht, in der sie das Kloster verließ, kniete sie noch einmal vor dem Altar der Mutter Gottes und bat: »Liebe Gottesmutter, verzeih mir meine Sünde, und versehe du meinen Dienst.« Siehe, da lächelte die Statue und sprach: »Ich werde deine Bitte erfüllen, aber kehre du auch wieder.«

Die junge Nonne folgte nun dem Ritter in seine Heimat und lebte dort als seine Frau. Zwölf Jahre lang lebten sie glücklich zusammen und schenkten sieben Söhnen das Leben. Als aber die zwölf Jahre vorübergegangen waren, bedrückte sie ihr Gewissen. Eines nachts hatte sie einen Traum, sie sah die Mutter Gottes an ihr Lager treten und hörte sie sprechen: »Nun habe ich so lange den Dienst für dich getan, es wird Zeit, daß du zurückkehrst.« Diesen Traum hatte sie dreimal. Da erhob sie sich in einer hellen Mondnacht leise von ihrem Lager, küßte ihren Mann und die schlafenden Söhne, zog ihr Nonnengewand an und wanderte den weiten Weg zu ihrem Kloster zurück.

In der Gewißheit einer zu erwartenden harten Strafe kam sie dort an. Als sie in die Kirche trat, stand auf einmal die Mutter Gottes vor ihr und sprach: »Ich habe deine Gestalt angenommen und deinen Dienst verrichtet. Niemand hat bemerkt, daß du nicht da warst. Es war an der Zeit, daß du zurück kamst, dein Dienst wird mir zuviel.« Plötzlich stand die Mutter Gottes wieder als Statue auf dem Altar. Und sie lächelte, wie sie es immer getan hatte. Als die Nonne später zu Nachtmahl ging, sah sie, daß niemand ihre Abwesenheit bemerkt hatte.

Nun war bald darauf der achte September, das Fest Mariä Geburt. Alle Schwestern hatten für die Mutter Gottes ein schönes Geschenk vorbereitet. Die einen hatten prächtige Stickereien angefertigt, die andern schwere Chorstücke eingeübt, sie aber stand mit leeren Händen da und ihre Mitschwestern sahen sie strafend an.

Da ertönte plötzlich ein Hornsignal und herein kam der Ritter, und ihre sieben Söhne folgten ihm. Da eilte sie zu ihnen, zog die Söhne vor den Altar und rief: »Liebe Gottesmutter, dies ist mein Geschenk für dich!« Zum Erstaunen aller neigte die Statue lächelnd ihr Haupt und hob segnend ihre Hand. Da lagen auf einmal sieben weiße Rosenkränze auf den Häuptern der Söhne, zum Zeichen, daß die Mutter Gottes ihr Geschenk angenommen hatte.

Märchen aus dem Elsaß

Der Traum des Oenghus

Oenghus, der von den Göttern abstammte, hatte eines Nachts einen sonderbaren Traum: Eine wunderschöne Jungfrau trat an sein Lager. Sie war so schön, wie man noch keine gesehen hatte. Als er ihr aber in die Augen sah und sie bei der Hand fassen wollte, da war sie auf einmal verschwunden. Den ganzen Tag über mußte Oenghus an sie denken. Er ging wie im Schlafe umher, aß nicht und trank nicht. In der folgenden Nacht kehrte die Jungfrau wieder. Sie trug eine Harfe in der Hand, und sie spielte ihm die wundersamsten Weisen vor. Wieder entschwand sie, als er sich ihr nähern wollte.

Oenghus verzehrte sich vor Sehnsucht nach ihr und konnte keinen Bissen zu sich nehmen. In der dritten Nacht erschien ihm wiederum die Jungfrau, und wieder konnte er ihr die Hand nicht reichen, denn wieder entzog sie sich ihm.

So ging es ein ganzes Jahr lang, und Oenghus erkrankte darüber schwer. Er sprach aber mit niemandem über seinen Traum. Alle Ärzte von ganz Irland wurden an sein Krankenlager gerufen. Keiner aber konnte seine Krankheit erkennen, keiner wußte Hilfe. Endlich rief man nach Finghin, des Hochkönigs Arzt. Finghin war ein Druide. Er besaß die Gabe, die Krankheiten und Leiden der Menschen zu erkennen, wenn er ihnen ins Gesicht blickte. Er konnte am Rauch, der aus dem Kamin steigt, sehen, wieviele Menschen in einem Hause krank sind.

Finghin sah Oenghus lange in die Augen und sprach: »Ich weiß, woran du leidest. Du liebst eine Frau, die dir unnahbar fern ist und doch nahe. Schwer krank bist du und hast nicht gewagt, jemandem von deinem Kummer zu erzählen.« – »Ihr sprecht wahr, groß ist Eure Weisheit«, antwortete Oenghus. »Jede Nacht kam eine wunderschöne Jungfrau. Sie spielte mir auf der Harfe die wundersamsten Weisen vor, immer, wenn ich ihr die Hand reichen wollte, verschwand sie.«

»Die Jungfrau, die jede Nacht an dein Lager tritt, ist die Braut, die dir vorbestimmt ist. Sei getrost, es wird der Tag kommen, an dem du sie finden wirst.« Dann befahl Finghin, daß man nach der Mutter des Oenghus schicken solle, damit sie ihren Sohn pflege. In ganz Irland aber suchte man nach einer Jungfrau, die in Gestalt und Antlitz der Jungfrau gliche, die des Nachts dem Oenghus erschien. Ein ganzes Jahr lang suchten die Boten nach einer solchen Jungfrau, doch sie suchten vergeblich. Oenghus aber erkrankte noch ärger als je zuvor. In ihrer Not ließ die Mutter noch einmal nach Finghin rufen und sprach zu ihm: »Großer Druide, die Jungfrau, nach der mein Sohn sich vor Sehnsucht verzehrt, konnte man in ganz Irland nicht finden. Oenghus aber ist kränker als je zuvor. Hilf uns!«

Da antwortete Finghin: »Daghdae, der Vater des Oenghus, der König der hohlen Hügel, der Gott der Feen, soll seine Boten zum Feenkönig von Munster senden. Groß ist dessen Weisheit, und er wird einen Rat wissen.«

Als Daghdaes Boten beim Feenkönig zu Munster anlangten, hieß der sie freundlich willkommen und fragte nach ihrem Begehr. »Ach«, antworteten die Boten, »Oenghus, der Sohn des großen Daghdae, ist krank vor Sehnsucht, und niemand vermag ihm zu helfen. Im Schlaf besucht ihn jede Nacht eine wunderschöne Jungfrau. Er kann sie aber niemals erreichen. Überall in ganz Irland ließ man nach jener Jungfrau suchen. Alles Suchen war jedoch vergeblich.« – »Gebt mir ein Jahr Zeit«, antwortete der Feenkönig von Munster, »und ich werde alles tun, was in meiner Macht steht, um die Jungfrau zu finden.«

Als nun das Jahr vorüber war, ging Daghdae selbst zum Feenkönig von Munster. Als dieser ihn kommen sah, rief er aus:

»Groß war die Mühe, die Ihr mir bereitet habt. Lang war die Suche, und weit war der Weg. Endlich fand ich eine solche Jungfrau. Sie lebt auf dem See, den man seit alters her den Drachensee nennt. Laß deinen Sohn nun zu mir kommen.«

Also wurde Oenghus auf einem Wagen zum Feenkönig von Munster gebracht. Der König hieß ihn freundlich willkommen, und er war drei Tage dessen Gast. Dann sprach der Feenkönig zu Oenghus: »Komm nun mit mir zum Drachensee. Dort lebt deine Braut. Du sollst sie sehen. Es ist mir aber nicht gegeben zu veranlassen, daß sie bei dir bleibt.«

Er brachte Oenghus zum Ufer des Drachensees. Da sahen sie dreimal fünfzig wunderschöne Jungfrauen. Jeweils zwei waren mit einer silbernen Kette aneinandergebunden. Unter ihnen befand sich die Braut des Oenghus. Er erkannte sie sogleich. »Sag mir, großer König, wer ist sie?« rief er aus.

»Es ist Caer, die Tochter Ethals, des Elfenkönigs.«

Da gingen die Boten Daghdaes zu Ethal. Zuerst weigerte sich dieser, seine Tochter dem Oenghus zur Frau zu geben. Als sie aber mehrmals baten und drohten, sprach Ethal endlich: »Ich kann über Caer nicht verfügen, denn ihre Zauberkraft ist größer als meine.«

»Worin besteht diese Zauberkraft?« fragten die Boten.– »Ein Jahr hat sie die Gestalt eines Menschen, das andere Jahr aber hat sie die Gestalt eines Vogels.«

»In welchem Jahr ist sie denn ein Vogel?« wollten Daghdaes Männer wissen.

Ethal aber verweigerte ihnen die Antwort. Weil sie aber immer mehr in ihn drangen und baten und drohten, verriet er ihnen Caers Geheimnis und sprach: »Zum nächsten Halloween, dem Tag der Elfen und Gespenster, wird sie am Drachensee in Gestalt eines Vogels sein. Wunderbare Vögel werden um sie sein, dreimal fünfzig Schwäne an der Zahl.«

Da kehrten Daghdaes Boten nach Hause zurück und meldeten alles, was sie in Erfahrung gebracht hatten. Daghdae ließ seinen Sohn zu sich kommen und erzählte ihm alles.

Da ging Oenghus beim nächsten Halloween zum Ufer des Drachensees. Auf einmal sah er dreimal fünfzig weiße Schwäne auf dem Wasser und immer zwei waren mit silbernen Ketten aneinandergebunden. Oenghus rief laut nach seiner Geliebten. Und siehe, einer der Schwäne verwandelte sich in eine wunderschöne Jungfrau und sprach: »Du bist Oenghus, ich habe dich erkannt.«

»Komm zu mir, Caer!«

»Ich werde den See verlassen und zu dir kommen, wenn du mir versprichst, daß du mich wieder ins Wasser zurückkehren läßt, wenn ich es wünsche.«

»Ich verspreche es dir.«

Da entstieg die schöne Jungfrau dem Wasser und ging zu Oenghus. Sie umarmten und küßten sich. Dann schliefen sie in Gestalt von zwei Schwänen ein. Als sie erwachten, schwammen sie zusammen dreimal um den See, auf daß das Versprechen erfüllt werde. Danach aber erhoben sie sich in die Lüfte und flogen davon, sie flogen zum Hause von Oenghus' Vater, des großen Gottes. Auf dem Wege dorthin aber sangen sie ein Lied, so wunderschön, daß alle, die es hörten, in einen dreitägigen tiefen Schlaf versanken. Von nun an blieb die wunderschöne Schwanenjungfrau für immer bei Oenghus.

Märchen aus Irland

Etain

Etain, Angus, Fuamach und Midyir lebten in der Welt der Götter. Etain sprach zu Angus: »Ich bin eines jeden Dinges überdrüssig, das ich sehe. Lasse mich in eine andere Welt gehen mit dir.« Doch Angus sprach: »Wenn ich in die anderen Welten gehe, wandere ich von Ort zu Ort, und das Volk weiß nicht, daß ich ein Gott bin. Auf der Erde meinen sie, ich sei ein Gaukler oder ein Bettler oder ein fahrender Sänger. Wenn du mit mir gingest, würdest du nur als ein armes, fahrendes Weib erscheinen oder eine Bettlerin.« Da entgegnete Etain: »Ich will zu Midyir gehen und ihn bitten, mir eine eigene Welt zu bilden, denn alle Welten sind voll Müdigkeit.«

Sie ging zu Midyir. Und da sie ging, sah sie unter sich die Welt des Hellen Schatten, genannt Ildathach, und die Welt des Dunklen Schatten, genannt Erde. Midyir schaute hinunter zur Erde, und eine Helligkeit breitete sich aus auf ihr, als er sie anschaute. Doch Etain wurde zornig, weil Midyir sich um die Helligkeit der Erde kümmerte, sie wandte sich ab und rief: »Ich wünschte, die Welten stürzten zusammen, denn ich bin ihrer überdrüssig.« Da sprach Fuamach: »Du hast das unzufriedene Herz einer Fliege. Nimm die Gestalt einer Fliege an, und wandere, bis daß dein Herz sich wandelt.« Etain wurde eine kleine, goldene Fliege. Doch sie fürchtete sich, die Welt der Götter zu verlassen. Sie flog zu Midyir und umsummte ihn. Doch Midyir kümmerte sich immer noch um die Helligkeit der Erde und streifte sie achtlos von seiner Hand. Sie flog zu Angus, der auf seiner Harfe spielte. Als sie ihn umsummte, sprach er: »Du gefällst mir, kleine goldene Fliege, und weil du so schön bist, will ich dir etwas schenken. Sag, was wünschest du dir?« Da konnte Etain sprechen, und sie sprach: »O Angus, ich bin Etain. Fuamach hat mich in diese Gestalt verwandelt, gib du mir wieder meine Gestalt zurück.« Angus schaute sie traurig an und sprach: »Ich bin nur in Ildathach ein Gestalten-Verwandler. Geh mit mir in jenes Land, dort will ich dir einen Palast aus den Farben des Regenbogens bauen. Solange du darin bist, wirst du die Gestalt der Etain haben.«

»Ich will mit dir gehen«, sprach Etain, »und in Ildathach leben.«

Sie ging mit Angus, und er brachte sie in einen schönen Palast, der alle Farben des Regenbogens hatte. Er hatte vier Fenster. Wenn Etain aus dem Fenster nach Westen schaute, sah sie einen großen Wald von Föhren und Bäumen mit goldenen Äpfeln. Wenn sie aus dem Fenster nach Norden schaute, sah sie einen großen Berg in der Gestalt eines Speeres. Und wenn sie nach dem Süden schaute, sah sie viele kleine, glänzende Seen. Aber das Fenster zum Osten war ihr verboten zu öffnen.

Lange Zeit war sie glücklich in dem Regenbogenpalast. Eines Tages jedoch kam die alte Sehnsucht und Unruhe wieder über sie, und sie rief: »Ich wollte, die Wände des Palastes stürzten zusammen, denn ich bin eines jeden Dinges überdrüssig.«

Sie ging zum Fenster im Osten und öffnete es. Sie sah draußen das Meer, und der Sturm peitschte es hoch auf. Und ein mächtiger Wind ergriff Etain und wirbelte sie aus dem Palast. Da wurde Etain wieder die kleine, goldene Fliege. Lange wanderte sie durch die Welt des Hellen Schatten, genannt Ildathach, bis sie zur Welt des Dunklen Schatten, der Erde, kam. Dort wanderte sie für lange Zeit durch brennende Sonne und prasselnden Regen, bis sie zu einem Schloß eines Königs kam. Der König und die Königin standen auf dem Söller, und der König reichte der Königin einen Becher voll mit Met. Etain ließ sich auf dem Rand des Bechers nieder, aber die Königin gewahrte sie nicht und trank sie mit dem Met.

Nach einer Zeit gebar die Königin ein seltsames, schönes Kind. Und die Königin nannte es Etain. Jeder im Palast liebte das Kind und suchte es zu erfreuen. Doch nie sah man ein Lächeln auf des Kindes Antlitz. Und da es älter wurde und schöner, mühte sich ein jeder noch mehr, es zu erfreuen, aber es war nie zufrieden. Da wurde die Königin von Herzen traurig, und sie begann zu denken, daß ihr Kind einer der Unsterblichen sei, die zu viel Freude und zu viel Schmerz mitbringen für eines Menschen Kraft. Eines Tages sangen die Sänger der Königin ein Lied. Da sprach Etain: »Der Gesang ist nicht wert, gehört zu werden.« Und sie sang ihr eigenes Lied, das sie noch in Erinnerung hatte aus der Welt der Götter. Da blickte ihr die Königin in die Augen, und sie erkannte, daß ihr Kind einer der Unsterblichen war, und sie erschrak und starb. Da fürchtete sich der König vor Etain und sprach: »Du bringst jedem nur Unglück.« Er schickte sie fort in eine kleine Hütte, in einem Walde, wo nur Hirten zu ihr kamen und ihr Nahrung brachten.

Mit jedem Tag wurde Etain schöner. Eines Morgens ritt der König von Irland dort vorüber. Sein Name war Eochy, er war jung und schön und stark. Als er Etain erblickte, sprach er: »Kein Weib in der Welt ist schöner als dieses.« Er stieg vom Pferd und kam zu Etain, die vor der kleinen Hütte ihr Haar kämmte, und ihr Haar schimmerte wie feines Gold.

»Wie heißest du?« fragte der König. »Mein Name ist Etain«, antwortete sie. »Komm mit mir, Etain, und werde mein Weib, und du sollst Hochkönigin von Irland werden.« Da schaute

Etain Eochy an, und es schien ihr, als ob ihr Herz das seine immer gekannt hätte. Sie sagte: »Ich habe hier auf dich gewartet und auf niemanden anders. Nimm mich mit in dein Haus, Eochy.« Eochy nahm sie mit und machte sie zu seiner Königin und baute ihr einen prächtigen Palast. Und das ganze Land freute sich über die Schönheit der Königin. Der König war glücklich, aber durch Etains Herz ging alle Zeit eine Sehnsucht und ein Gesang, vor dem die Musik aller anderen Gesänge erstarb. Die Harfner Irlands kamen in die Halle Eochys, aber die Traurigkeit Etains lag auf ihrem Antlitz. Und die Krieger des Königs wurden gleich einsamen Vögeln, wenn sie in der Königin Augen geschaut. Eines Tages stand Etain vor dem Palast in der Sonne. Drinnen streute der Narr des Königs Knospen auf den Boden, und der Narr war ein Narr und war immer im Palast, denn seine Klugheit hatte ihn verlassen, und er besaß die dunkle Weisheit der Götter. Etain hörte ihn singen:

»Ein schwarzer und ein weißer Hund waren mein.
Wie lang kann eine Nacht, ein Tag doch sein.

Die Woge, groß und hoch, verschlang das Meer.
Die Hunde aber folgten mir hierher.

Der weiße trug ein Krönlein auf dem Haupt.
Doch keiner sah es je, der's nicht geglaubt.

Des schwarzen Füße waren feuerschnell.
Ich liebte ihn und kannte sein Gebell.

Am Himmel neigten Sonn' und Monde sich,
Wenn wir vorübereilten, sie und ich.«

Etain wandte sich auf der Türschwelle um und sprach: »Singe weiter, o Narr. Ich wünsche, mein Herz könnte so unbeschwert sein wie das deine.«

»Wie könnte dein Herz unbeschwert sein, o Königin«, sagte der Narr, »wenn du den Blumen keine Möglichkeit geben willst zu blühen. Wenn du einer der Unsterblichen wärest, du würdest die Welt verbrennen, um dir deine Hände zu wärmen.«

Schamröte flog über Etains Gesicht. Sie hob eine kleine Knospe vom Boden auf. »Ich denke, die Unsterblichen könnten die Blüten zum Erblühen bringen«, sagte sie. »Aber alle Blüten, die ich breche, welken in meiner Hand. Ich werde keine Blüten mehr brechen, Narr.« Während sie sprach, erhob sich draußen ein Lärm, und Etain fragte ihre Frauen nach der Ursache. »Ein Bettler, ein Gaukler wird fortgejagt, o Königin.«

»Laßt ihn bleiben«, sprach Etain, »ich will seine Zauberstücke sehen.«

»O Königin«, sagten die Frauen, »er ist ein armseliger Hungerleider, wie sollte er dich erfreuen können, wenn Incar, des Königs Gaukler, dich nicht erfreuen kann.«

»Laßt ihn bleiben«, sprach Etain. »Er wird mich erfreuen - und heute Abend wird auch Incar mich erfreuen.« Sie schritt nach draußen und gebot dem Bettler, seine Zauberstücke vorzuführen. Er war ungeschickt, und seine Zauberstücke waren nicht wert, gesehen zu werden. Aber die Königin gab ihm einen Ring von ihrem Finger und die Knospe aus ihrer Hand und sprach: »Bleibe hier, heute Abend wird des Königs Gaukler dich gute Kunststücke lehren.«

Der Bettler aber lächelte. Er steckte den Ring in sein Gewand, behielt aber die Knospe in der Hand. Und siehe, in seiner Hand blühte die Knospe zu einer Rose auf. Er pflückte die Blütenblätter ab und warf sie in die Luft. Und sie wurden zu wunderbaren weißen Vögeln. Und als sie sangen, vergaß jeder, der sie hörte, den Himmel über sich und die Erde unter sich vor Freude. Nur Etain legte ihre Hände vor die Augen, und die Tränen drangen durch ihre Finger. Die Vögel aber entfernten sich singend. Als das Volk sich nach dem Bettler umschaute, war er verschwunden. »O Angus! Angus! Komm zurück!« Aber niemand sah den Bettler wieder. An diesem Abend feierten sie ein Fest in des Königs Hallen. Und Incar machte immer neue Kunststücke, und das Volk jubelte, denn die Königin lachte zum ersten Mal. Da kam ein großer, dunkler Mann im Gewand eines Fremden in die Halle. Er verneigte sich vor dem König und der Königin und lud den König zum Schachspiel ein. Und der König erhob sich, um selbst ein Schachbrett zu holen. Der Fremde aber zog ein Schachbrett aus seinem Mantel, dessen Felder waren aus dunklem und hellem Metall, wie man es auf der Erde noch nie gesehen – und er setzte die Figuren darauf. Die waren aus Gold und Edelsteinen geschnitzt. »Ich will dir dieses Brett gegen das deine eintauschen«, sprach er zur Königin. »Nein«, sprach Etain, »das Brett, das Eochy mir machte, will ich behalten.«

»Auch ich will etwas für dich machen«, sprach der Fremde. »Ich will Welten für dich bauen.« Etain schaute in seine Augen, und sie erinnerte sich der Welt der Götter und Midyirs und des Angus und des Fuamach. Und sie erinnerte sich der Zeit, da sie eine kleine goldene Fliege gewesen.

»O Midyir«, sagte sie, »in all den Welten würde ich nichts anderes sein als eine kleine Fliege. Ich bin weit gewandert, aber heute habe ich die Weisheit von einem Narren gelernt und Eochy hat mir ein Reich geschenkt«. Während sie noch sprach, kam Eochy zurück mit dem Brett. »Das erste Spiel auf meinem Brett«, sagte Midyir, »das letzte auf deinem.«

»Gut«, sprach Eochy, »um was wollen wir spielen?«

»Wir wollen den Gewinner entscheiden lassen«, antwortete Midyir. Sie spielten das erste Spiel, und Eochy gewann. »Was sei dein Preis?« fragte Midyir, und Eochy rief: »Fünfzig Pferde aus dem Götterland.«

»Es sei dir gewährt«, sprach Midyir, und sie spielten das zweite Spiel, und wieder gewann Eochy. »Was sei dein Preis?« fragte Midyir, und Eochy rief: »Laß die sandigen Hügel Irlands sich mit Grün bedecken, das nimmermehr vergehen möge.«

»Es sei dir gewährt«, sprach Midyir, und sie spielten das dritte Spiel – und diesmal gewann Midyir. »Was sei dein Preis?« fragte Eochy. Ernst blickte ihn Midyir an und sprach: »Ich erbitte Etain, die Königin.«

»O nein, niemals werde ich Etain von mir geben!« rief Eochy.

»Geh vor deine Tür, die Pferde aus dem Götterlande stampfen draußen. Geh zum Fenster und du siehst, daß sich die sandigen Hügel Irlands mit Grün bedeckt haben, o König. Willst du, daß man dich wortbrüchig nennt?« sprach Midyir. Und er wandte sich zu Etain: »Komm mit mir zurück in deine eigene Welt.«

Etain sprach: »O Midyir, nicht eine Welt von allen Welten war meine eigene, denn niemals habe ich mir selbst ein Reich errichtet. Aber Eochy hat mir ein Reich geschenkt, und das ganze Volk hat mir Gaben gebracht. Laß mich für ein Jahr noch bei ihnen bleiben und ihnen Freude bringen!« Midyir verneigte sich und sprach: »Ich werde am Ende des Jahres kommen.« Und er verließ die Halle, aber niemand sah ihn gehen.

Das Jahr, das darauf folgte, war ein Jubeljahr, wie es in Irland nie vorher und niemals später eins gegeben hat. Es war dreifach gekrönt mit der Krone der Fülle, der Krone des Sieges und der Krone des Gesanges. Und Etain gab Eochy Freude nach dem Maß der Unsterblichen. Wieder feierten sie zur Samhain-Zeit ein großes Fest, und die Könige Irlands und die Barden und Druiden waren da, und Freude erfüllte die Herzen aller.

Plötzlich war die Halle von einem Licht erfüllt, das die vielen Fackeln und Kerzen matt erscheinen ließ. Und Midyir, der Rothaarige, stand in der Halle. Und alle Könige und Barden und Druiden erhoben sich von ihren Sitzen und verneigten sich, denn diesmal erkannten alle Midyir, den Roten. Der aber schaute zu Etain, die auf einem Thron aus geschmiedetem Silber neben dem König saß. Er zog eine Leier aus seinem Mantel, und er spielte darauf und sang ihr ein Lied. Und er sang ihr von den Welten der Götter über den Wolken, von der sie kam und daß ihre Zeit zu Ende war auf der Erde. Dann streckte er seine Hand nach Etain aus und sprach: »Komm mit mir, Etain.« Etain wandte sich zu Eochy und küßte ihn und sprach: »Eochy, ich habe in diesem einen Jahr die Freude eines langen Lebens gelebt, und heute Abend hast du die Musik aus den Welten der Götter gehört, und das Echo dieser Musik wird in den Harfensaiten der Sänger Irlands sein für immer. Dein Name aber wird unvergessen sein, solange Wind weht und Wasser fließt, denn Etain, die von Midyir und Angus geliebt wird – liebt dich.« Dann aber legte sie ihre Hand in die des Midyir, und sie stiegen zusammen empor, wie Flammen aufsteigen, und oben über den Wolken und über den Sternen in der Welt der Götter warteten Angus und Fuamach auf sie. Und sie wanderten wieder miteinander, wie sie gewandert waren am Anfang der Zeit.

Irische Mythe

Nachwort

Märchen sind Wurzeln der Literatur. Vielschichtig und tiefgründig bieten sie immer neue Interpretationsmöglichkeiten an. Dies gilt auch und im besonderen für das Bild der Frau im Märchen. Das am meisten bekannte und verbreitete Bild ist das der unterwürfigen und passiven Frau. Dornröschen und Schneewittchen schlafen, bis der Prinz kommt, sie wachküßt und damit erlöst. Eine kaum überbietbare Passivität und Duldsamkeit gegenüber einer feindlich gesinnten Umwelt erträgt die Frau in dem Märchen »Das Mädchen ohne Hände« (Grimm); die »Griseldis« der deutschen Volksbücher führt diese Tradition des Erleidens fort.

Die *Brüder Grimm* als bedeutendste Märchensammler und -wissenschaftler überliefern uns ein sehr blasses Frauenbild. Zu Beginn ihrer Sammlertätigkeit waren sie junge Männer, 20 und 21 Jahre alt. Die meisten Frauen, die ihnen die Märchen erzählten, waren unverheiratete Töchter aus der gehobenen Bürgerschicht und dem Adelsstand. Die Idealvorstellung der Frau des 19. Jahrhunderts wurde in den Märchen wiedergegeben. Danach hatte sie bescheiden, demütig und passiv zu sein, um von dem Manne beachtet, geheiratet zu werden. Dagegen ist in den Märchen der *Dorothea Viehmann*, einer der bekanntesten Erzählerinnen der Brüder Grimm, keine negative Frauengestalt zu finden (Dorothea Viehmann, eine Hugenottentochter, in die Geschichte eingegangen als die »Viehmännin«, war schon über 50 Jahre alt und vom Schicksal hart mitgenommen). Dies ist auch ein Beispiel dafür, daß sich die Persönlichkeit des Erzählers auf den Inhalt des erzählten Märchens auswirkt*.

Dabei ist das Motiv der aktiv handelnden Frau, »die auszieht, um ihren Mann zu erlösen«, die ihn errettet, die an der Spitze des Heeres reitet, die mit List und Klugheit ihr eigenes Geschick, das ihres Volkes in die Hand nimmt, viel häufiger in den Märchen vertreten, als dies im Bewußtsein verankert ist.

In den Märchengestalten spiegeln sich auch die Schicksalsfrauen alter Religionen wider: die *Hathoren* der Ägypter, die *Moiren* der Griechen, die *Ursitory* der Zigeuner und Balkanvölker, die *Laimen* der Balten, die *Naracnicen* der Bulgaren, die *Nornen* der Germanen. In sehr vielen Märchen offenbart sich die Große Mutter in ihrer Ambivalenz: helfend und strafend, erhaltend und vernichtend, Herrin über Leben und Tod.

Mit ähnlicher Macht ausgestattet wie die Schicksalsfrauen erscheinen die Rachegottheiten der Antike, die *Erinnyen.* Sie rächen aber nicht den Mord der *Klytemnestra* an *Agamemnon,* sondern verfolgen unerbittlich den Sohn *Orest,* der seinen Vater rächte und die Mutter tötete. Hier spielt noch die Vorstellungswelt des Matriarchats hinein.

Auch die Götter unterliegen dem Spruch, den die Schicksalsfrauen fällen. So setzt sich *Achill* weinend ans Meer, und seine göttliche Mutter *Thetis* steigt aus den Tiefen der Wellen empor und tröstet ihn. Sie trauern nicht darüber, daß Achill ein früher Tod bestimmt ist, sondern, daß ihm Zeus die Ehre im irdischen Leben verweigert. Dem Spruch der Schicksalsfrauen beugen sie sich widerstandslos. Als echter Muttersohn (wie viele Märchenhelden) denkt Achill nicht an Zeus, sondern an die Schicksalsfrauen und weiß um deren Macht.

* Siehe: ›Die wahren Märchen der Brüder Grimm‹ herausgegeben von Heinz Rölleke, Fischer Taschenbuch Verlag, 2003.

Die Schicksalsfrauen treten in der Dreizahl auf, der Zahl der Vollkommenheit und Vollendung. Nach Johann Jakob Bachofen ist die Drei »das Dauernde im Wechsel, der Mittelpunkt, um den sich die polaren Erscheinungen drehen«, so Geburt und Tod, Erhaltung und Vernichtung. Die Drei ist die gedrängte Form einer Symmetrie – des Überzeitlichen, Feierlichen und Höherführenden. Geburt, Hochzeit und Tod sind in den Religionen wie im Märchen die wichtigsten Entwicklungsphasen.

In der ungeteilten Einheit der *Großen Mutter* spiegelt sich das Bild der drei Schicksalsfrauen. Sie erscheint zwar als einzelne Gestalt, trägt aber oft drei Gesichter: das eines jungen Mädchens, das einer reifen Frau und das einer Greisin. Sie kann sehr schön und anziehend sein, aber auch abstoßend häßlich. Im deutschsprachigen Märchen ist das Bild der Großen Mutter in sehr vielen Märchen zu finden, wobei »Frau Holle« das bekannteste ist. *Jacob Grimm* leitet in seiner *Deutschen Mythologie* ihren Namen ab von Hulda oder Holda. Ihre Attribute sind Spindel und Rocken, die allen Muttergottheiten beigegeben sind. Freundlich und mild zeigt sie sich denen, die ihre Gesetze achten, denen aber, die ihre Gesetze brechen und mißachten, zeigt sie sich strafend und hart. Ihre Macht reicht über alle Welten. Sie läßt es schneien, wobei die Federn ihres Bettzeugs als Schneeflocken zur Erde fallen. Als Göttin der Fruchtbarkeit bewacht sie das Wasser und wohnt in Seen und Brunnen. Im Märchen erscheint sie auch als Brunnenfrau. Sie haust aber auch in Sümpfen, was als »Sinnbild aller mutterrechtlichen Urstände« bezeichnet wird.

Frau Holle trägt lichte und freundliche Züge, aber gleichzeitig erscheint sie auch schreckenerregend und furchtbar. Als Göttin der Jagd zieht sie mit dem wilden Heer über den Himmel. Sie ist die Göttin des Lebens und des Todes und holt die Verstorbenen zu sich, wobei der Tod immer als Tor zu neuem Leben verstanden wird*. Die Totengöttin *Hel* der Germanen entspricht dieser Dunkelseite; die Göttinnen *Freya* und *Frigg* dagegen der lichten und gütigen Seite. Diese Muttergottheiten, die noch aus der Zeit des Matriarchats stammen, haben ihre Parallelen in der griechischen *Artemis*, *Aphrodite* und in *Athene*, in der ägyptischen *Isis* und *Bast*, in der *Kybele* Kleinasiens, in der *Ischtar* der Babylonier und der *Dana* der Kelten, um nur einige zu nennen. Das Matriarchat war die Zeit der Kulte der Großen Mutter. Das Patriarchat, das sich zu Beginn der Bronzezeit bei uns durchsetzte, hat die Bedeutung der Fruchtbarkeits- und Muttergottheiten noch geachtet und verehrt. Die Frau Holle der Mitteldeutschen war die Berchta der Süddeutschen, die Frau Harke der Ostdeutschen und die Erke der Angelsachsen.

Während der Christianisierung wurde die lichte Seite der Großen Mutter in das Bild der Jungfrau Maria gegeben.

Das Sternbild des Orion oder Jakobsstabs, in Schweden Friggarock genannt, wandelte sich zum Mariärock; das Farrenkraut, isländisch Freyjahar, zum Mariengras. Maria läßt in manchen Märchen wie Holda und Berchta nähen und spinnen, das Urbild der Mater Dolorosa entspricht dem Urbild der Magna Mater. Das Glückstier der Frau Hohe, der Siebenpunkt, wird zum Marienkäferchen. Die Mondsichel, ein Zeichen der Großen Mutter, wird nun unter Marias Füße gelegt. In vielen mittelalterlichen Bildern sitzt Maria neben einem Brunnen mit der Spindel in der Hand, umgeben von Pflanzen (alle kreuzblättrigen Pflanzen sind der Großen Mutter geweiht) und Tieren der Großen Mutter. Die Spinnfäden des Spätsom-

* Siehe: »Honig der wilden Bienen. Märchen von Tod und neuem Leben.« Herausgegeben von Sigrid Früh, Königsfurt Verlag 2003.

mers werden zu Marienfäden. Das Bild der Fruchtbarkeit finden wir auch in Darstellungen Marias »mit den Ähren«.

Die dunkle Seite der Großen Mutter ist abgetrennt von der lichten Seite. Frau Holle und andere Muttergottheiten treten als Unholdinnen auf. Während sie früher die Seelen der Toten bergend aufnahm, wurde sie nun zur wilden Jägerin, die die Seelen ungetaufter Kinder mit sich riß. Besonders in den zwölf Rauhnächten (24. Dezember bis 6. Januar) zeigt sie ihre Macht. Die kultischen Feste der Muttergottheiten, die von ekstatischen Erlebnissen geprägt waren (auch Dionysos war ein mutterrechtlicher Gott), werden zum Hexensabbat. Die Hexenverfolgungen des Mittelalters und der beginnenden Neuzeit haben vielerlei Ursachen und kommen aus verschiedenen Strömungen. Eine davon liegt wohl in der Abtrennung und Verdrängung der Dunkelseite der Großen Mutter, die jahrhundertelang andauerte; denn die Hexenverfolgung richtete sich ja vor allen Dingen gegen die Natur der Frau.

In den Märchen der Russen wird die *Baba Jaga* (eine Frau-Holle-, Große-Mutter-Gestalt) mit dem Dunkelaspekt als Hexe genauso dargestellt wie als helfende und beschützende Gestalt. Daß im russischen Märchen diese polare Gestalt der Muttergottheiten erhalten blieb, hat möglicherweise seine Ursache darin, daß die russische Kirche keine Hexenverfolgungen kannte. Im russischen Märchen finden sich besonders eigenwillige und blutvolle Frauengestalten. Sie sind durchaus ambivalent und haben manchmal grausame Züge, wobei sie selten als eindeutig böse oder gut geschildert werden. Sie zieht in den Kampf, während der Mann die Obhut über das Haus hat. Selbstbewußt und zauberkundig versucht die Heldin sich durchzusetzen.

Ein besonderes Beispiel für diesen Frauentyp ist »Marija Morewna«, die unter den Kämpferinnen und Herrscherinnen zu finden ist. Neben der Heldenjungfrau tritt aber auch die weise, zauberkundige Frau auf. Eine der strahlendsten Gestalten ist »Wassilissa, die Allweise«. Zauberkundig, weise und gütig steht sie dem Helden bei, nimmt ihn in ihren Schutz und löst für ihn unüberwindliche Aufgaben. Selbst unter den sehr selbstbewußten, stolzen russischen Märchenfrauen und Heldenjungfrauen erscheint Wassilissa, die Allweise, wie eine Göttin.

Bei der Christianisierung sanken die Gottheiten zu Elementargeistern – Feen und Elfen – herab, was in den keltischen Märchen besonders deutlich zum Ausdruck kommt. Sie haben nichts mit den süßlichen Elfen und Feen neuerer Märchen zu tun. Unter Schönheit und Fröhlichkeit verbergen sich unheimliche und zwielichtige Züge. Der Aspekt des Unfaßbaren und Unbegreiflichen wurde unter dem Einfluß des Christentums zu etwas Teuflischem. Aber im Keltischen und vor allem im Irischen haben sie noch einen Teil ihrer lichten Seiten behalten.

Bereits nicht mehr im Bannkreis des Unheimlichen, sondern schon in geschichtlicher Realität wurzelnd, sind die Märchen von den Kriegerinnen und ihrer Königin, wobei sich gerade hier deutlich zeigt, wie sich übersteigerter Machtwille und maßlose Ablehnung und Unterdrückung des anderen Geschlechts auswirken. Das menschliche Prinzip, daß man alles Böse und Zerstörerische, das man dem andern zufügt, eigentlich sich selbst antut, kommt in dem Märchen »Die trauernde Königin« zum Ausdruck.

Bei der Auswahl der Märchen für diese Sammlung bot sich mir eine Unterteilung in fünf Kapitel an:

Die Erlöserinnen: Die Märchen der Erlöserinnen sind eigentlich das Hohelied der starken, liebesfähigen Frau. Dabei hat die Liebe verschiedene Gesichter. Es kann die Liebe zum Mann, aber auch die Liebe zum Bruder sein, wie es in dem bretonischen Märchen »Die neun Brüder, die in Lämmer verwandelt wurden« zum Ausdruck kommt. Ein wichtiges Motiv in diesem Kapitel ist auch das des Tiergemahls: Liebe als Schlüssel zur Verwandlung. Oft scheint der Weg zur Erlösung in den verschiedenen Märchen parallel zu sein, aber es gibt gravierende Unterschiede. Der Schlüssel ist immer wieder ein anderer. Was beinahe allen Märchen in diesem Kapitel gemeinsam ist:

Die Heldinnen müssen über die irdische Welt hinaus; ihre Wanderungen führen sie durch Zeiten und Raum, durch den Kosmos »bis zum Ende aller Welten«. So müssen sie sich mit den Mächten der Verzauberung, der Verwünschung, die die Dunkelseiten des Daseins darstellen, auseinandersetzen. Doch ist die Heldin auf diesem Weg, der immer eine Prüfung darstellt, nicht allein. Denn es stehen ihr Helferinnen bei, eine Dienerin, ein altes Mütterchen. Manchmal ist es auch eine männliche Gestalt, so zum Beispiel im Titelmärchen der alte Fischer. Die Gestirne geben sich gewöhnlich hilfreich und freundlich; ihre Geschenke erweisen sich als sehr nützlich und werden von der falschen Braut oder Frau begehrt, was dann zu ihrer Entlarvung führt. Hier spiegeln sich zutiefst schicksalhafte Erkenntnisse wider: Es gibt Weiterentwicklungen im Leben, die man sich durch eigene schmerzhafte Erfahrungen erringen muß und die man nicht usurpieren kann. Und wo Männer versagen, gelingt es der starken liebenden Frau, allen Widerständen zum Trotz das Ziel zu erreichen und den Geliebten zu erlösen. Daß sie dabei die Umwelt mitverwandelt, ist wohl eine Gesetzmäßigkeit.

Die Hilfreichen und die Treuen: Das Bild der Hilfreichen und Treuen ist sehr vielschichtig und weit gespannt. Es reicht von der Gestalt der Erbprinzessin, die den Mann in ihren Stand erhebt und ihn sucht und aus der Erniedrigung rettet, über die

Frau, die als Mann verkleidet durch die Welt zieht, um ihren Mann, ihren Geliebten aus der Gefangenschaft zu befreien, bis hin zur Tochter des Dämons, die dem Geliebten beisteht und ihre Zauberkraft gegen ihren Vater einsetzt.

Die Männer spielen in diesen Märchen keine sehr rühmenswerte Rolle. Sie sind oft naiv und unbegabt, unfähig, einfachste handwerkliche Arbeiten zu verrichten. Sie brechen in Tränen aus, und die Frau muß ihnen zu Hilfe eilen. Wenn alle Gefahren durchgestanden sind, vergißt er sie trotz vorhergehender Treuebeteuerungen.

Die wiederkehrende Auflehnung der Heldin gegen den Vater, weil sie den Mann liebt, den der Vater ablehnt, oder der sogar des Vaters Feind ist und von ihm bekämpft wird, erinnert an die Überlieferung der Walküre *Sigrdrifa,* die sich gegen *Odins* Willen stellt und seinem Schützling den Sieg verweigert, indem sie dem Mann, den sie liebt, den Sieg schenkt. Auch *Medea,* die Königstochter aus Kolchis, entscheidet sich für *Jason,* der ihre Liebe schlecht belohnt, denn er verrät sie am Ende und wendet sich einer anderen zu. Das irische Märchen »Die Königin der Kesselflicker« ist ein positives Gegenstück zum Grimmschen Märchen »König Drosselbart«. Die Heldin des vorliegenden Märchens ist ihrem Auserwählten treu und gleichzeitig treu gegenüber sich selbst. Auch der männliche Held, ihr Partner, schätzt gerade ihre Standfestigkeit und ihre eigene Persönlichkeit. Die Heldin wird hier nicht gedemütigt, sondern steigt durch ihr Handeln, das von Liebe motiviert ist, gesellschaftlich auf.

Während die erlösenden und die hilfreichen Märchenfrauen Beistand von überirdischen Helfern erhalten, außerdem zauberkundig sind und ihre Macht einsetzen können, müssen sich *Die Klugen und die Listigen* auf ihre eigene Klugheit verlassen und ihren Verstand und ihre Schläue einsetzen. Sie sind von allen fünf Frauengestalten diejenigen, die das Leben aus eigener

Kraft meistern und mit beiden Füßen auf der Erde stehen. Sei es, daß sie ein junges Großmaul zurechtrücken, einen Frauenverächter zur Räson bringen, einen Massenmörder oder einen Despoten überwinden; immer setzen sie ihren eigenen Verstand ein. Selbst den Teufel oder die Gestirne besiegen sie kraft ihrer Klugheit und Wachsamkeit. Diese Märchen zeugen am klarsten davon, daß das Märchen kein Handbuch für moralistische Gebrauchsanweisungen abgibt. Die Kniffe und die Schliche, die die Klugen und Listigen anwenden, sind nicht immer gerade fein. Trotz allem aber verliert der Gedemütigte nie ganz seine Würde, während im männlichen Gegenstück (König Drosselbart) die Frau in ihrer Würde zerbrochen wird. Dazu haben die Listigen so viel Charme und Liebenswürdigkeit, daß die Besiegten mit ihrem Denkzettel letztendlich zufrieden sind.

Die Märchen von den *Kämpferinnen und Herrscherinnen* dürften von ihrer Grundstruktur zu den ältesten Märchen gehören, sie verweisen am eindeutigsten auf die Zeit des Matriarchats. Dabei ist die Amazone in ihrer Männerfeindlichkeit keine reine Vertreterin des Mutterrechts; denn Mutterrecht bedeutet keineswegs Entrechtung oder Versklavung des Mannes.

»Dolassilla«, eine Kämpferin, vertritt in ihrer Haltung den Geist des Matriarchats. Zwar reitet sie an der Spitze des Heeres, doch sie führt Männer an, keine Amazonen. Und:

Sie ist nicht männerfeindlich. Die besondere Stellung der Frau bei Hirten- und Nomadenvölkern zeigt sich im armenischen Märchen »Anait«. Der Vater, ein Hirte, antwortete auf die Brautwerbung des Zaren: »Ich kann über meine Tochter nicht bestimmen, ihr müßt sie selbst fragen.« Anait führt ein Heer an, aber nicht, um zu bekämpfen, sondern um ihren gefangenen Mann zu befreien.

Im Kapitel *Schicksalsfrauen, Große Mutter, Göttinnen* finden wir Märchen, die von Gottheiten geprägt wurden. Im estnischen Märchen von den »Zwölf Töchtern« ist die »oberste Wasserbeherrscherin« identisch mit der Wassermutter *Wete Ema.* Weibliche Personifikationen herrschten in der estnischen Mythologie vor. Die Nacht vom 23. zum 24. Juni galt im Estnischen als Hexensabbat, ein Beispiel für Tage und Nächte, die ursprünglich Gottheiten geweiht waren.

In dem irischen Märchen »Der Traum des Oenghus« hat die Tochter des Elfenkönigs die Macht, sich in einen Schwan zu verwandeln. Dieses Privileg verleiht sie auch ihrem Geliebten, Oenghus, der von den Göttern abstammt. Oenghus gewinnt die Schwanenfrau deshalb, weil er sie wenigstens für eine Zeitlang in ihr Element, das Wasser, zurückkehren läßt. Er verbindet sich völlig mit ihr, indem er in ihr Element eintritt und selbst zum Schwan wird.

Die Auswahl dieser Märchen erfolgte bewußt unter subjektiven, dramaturgischen Gesichtspunkten. Nicht das wissenschaftliche Interesse an weiblichen Charakteren im Märchen stand im Vordergrund, sondern der Wunsch, ein möglichst breites Spektrum von starken, aktiven und liebenden Frauen zu zeigen, die auch heute noch Vorbilder für weibliche Stärke und Tatkraft sein können. Aus diesem Grunde habe ich auch von einer Klassifizierung nach den einschlägigen Märchenindizes und weiteren formalen und editorischen Hinweisen abgesehen. Ich hoffe, daß es mir gelungen ist, ein Gegengewicht zum landläufigen Klischee von der passiven Frau im Märchen zu schaffen, und daß ich mit dieser Sammlung nicht nur Leserinnen, sondern auch Leser anspreche.

Zum Schluß danke ich allen, die zum Gelingen dieses Buches beigetragen haben: Wolfgang Schultze in Achern dafür, daß er mir großzügig seine antiquarische Bibliothek zur Verfügung gestelllt hat, sowie meiner Tochter Ulrike, Paul Walch, Marlies Hörger und Doris Feller-Neff für die Übersetzungen. Vor allem aber danke ich meinem Mann Helmut für die Unterstützung meiner Arbeit.

Sigrid Früh

Quellenverzeichnis

Die Erlöserinnen

Die Frau, die auszog, ihren Mann zu erlösen
Dieses Märchen wurde Sigrid Früh 1980 von einer Spanierin erzählt.

Die neun Brüder, die in Lämmer verwandelt wurden, und ihre Schwester

Francois-Marie Luzel: Contes populaires de Basse-Bretagne, Paris 1881. Aus dem Französischen übersetzt von Ulrike Krawczyk.

Der Jüngling, der am Tage tot war

Dieses Märchen wurde Sigrid Früh von einem Exilrussen erzählt, der lange in Georgien gelebt hat.

Der weiße Bär König Valemon

Laurits Saltveit: Norwegische Volksmärchen, Wedel in Holstein o. J.

Die Hilfreichen und die Treuen

Der Zar des Meeres und Wassilissa, die Allweise

Alexander N. Afanasjew: Narodnye russkie skazki, Moskau 1861. Aus dem Russischen übersetzt von Paul Walch.

Die Königin der Kesselflicker

Seamus Mac Manus: The Bend of the Road, Dublin 1926. Aus dem Englischen übersetzt von Marlies Hörger.

Lady Godiva

Joseph Jacobs: More English Fairy Tales, London 1894. Aus dem Englischen übersetzt von Doris Feller-Neff.

Das singende, springende Löweneckerchen

Brüder Grimm: Kinder- und Hausmärchen, Ausgabe letzter Hand, Göttingen 1857.

Die Prinzessin in der Erdhöhle

Gunnar Olof Hylten Cavallius und George Stephens: Schwedische Volkssagen und Märchen, Deutsch von Carl Oberleitner, Wien 1848; bearbeitet von Sigrid Früh.

Die Klugen und die Listigen

Die Geschichte von Sorfarina

Laura Gonzenbach, Sicilianische Märchen, Leipzig 1870.

Die kluge Bauerntochter

Laura Gonzenbach, Sicilianische Märchen, Leipzig 1870.

Halewyn

Flandrische Sage, nach mündlicher Überlieferung aufgezeichnet von Sigrid Früh.

Mister Fox

Joseph Jacobs: More English Fairy Tales, London 1894. Aus dem Englischen übersetzt von Ulrike Krawczyk.

Das kluge Mädchen wird Zarin

Skapkarev: Sbornik ot blgarski narodni umotvorenija, 1919. Aus dem Serbischen übersetzt von Paul Walch.

Kämpferinnen und Herrscherinnen

Anait

Märchen aus dem Kaukasus, Jena o. J.

Marija Morewna

Alexander N. Afanasjew: Narodnye russkie skazki, Moskau 1861. Aus dem Russischen übersetzt von Paul Walch.

Dolassilla

Nach bruchstückhaften Erzählungen aus Südtirol bearbeitet und neu erzählt von Sigrid Früh.

Capitaine Lixur

Francois-Marie Luzel: Contes populaires de Basse-Bretagne, Paris 1881. Aus dem Französischen übersetzt von Ulrike Krawczyk.

Die trauernde Königin

Fiona Macleod (William Sharp): The Collected Works of Fiona Macleod, London 1910. Aus dem Englischen übersetzt von Sigrid Früh und Marlies Hörger.

Schicksalsfrauen, Große Mutter, Göttinnen

Die zwölf Töchter

Friedrich Kreutzwald: Estnische Märchen. Halle 1869. Übersetzt von F. Löwe.

Die Stellvertreterin

Nach mündlicher Erzählung aufgezeichnet in der Nähe von Hagenau (Elsaß) von Sigrid Früh.

Der Traum des Oenghus

M. D'Arbois de Jabainville: Le Cycle Mythologique Celtique, Paris o. J. Aus dem Französischen übersetzt von Marlies Hörger.

Etain

Ella Young: Keltische Mythologie, Dublin 1918.

Verwendete Literatur in Auswahl

Bachofen, Johann Jakob: *Das Mutterrecht,* Frankfurt am Main 1975.

Bovenschen, Silvia: *Die imaginierte Weiblichkeit. Exemplarische Untersuchungen zu kulturgeschichtlichen und literarischen Präsentationsformen des Weiblichen,* Frankfurt am Main 1979.

Brednich, Rolf-Wilhelm: *Volkserzählung und Volksglauben von den Schicksalsfrauen,* (F. F. Communications-Nr. 13), Helsinki 1964.

Früh, Sigrid: *Rauhnächte,* Waiblingen 1998.

Früh, Sigrid: *Der Kult der Drei Heiligen Frauen,* Bern 1998.

Früh, Sigrid/Derungs, Kurt: *Schwarze Madonna im Märchen,* Bern 1998.

Göttner-Abendroth, Heide: *Die Göttin und ihr Heros,* München 1984.

Grimm, Jacob: *Deutsche Mythologie,* Graz 1968.

Lüthi, Max: *Märchen,* Stuttgart 1976.

Ranke-Graves, Robert von: *Die weiße Göttin,* Berlin 1981.

Röhrich, Lutz: *Märchen und Wirklichkeit,* Wiesbaden 1974.

Rose, Herbert J.: *Griechische Mythologie,* München 1974.

Zimmer, Heinrich: *Abenteuer und Fahrten der Seele,* Düsseldorf/Köln 1977.